Knaur

Von Friedrich Ani sind als Knaur Taschenbuch erschienen:

Gottes Tochter
German Angst
Die Erfindung des Abschieds
Abknallen

9 Bände der Tabor-Süden-Reihe

Über den Autor:

Friedrich Ani, 1959 in Kochel am See geboren, lebt als Schriftsteller in München. Für seine Arbeiten erhielt er zahlreiche Auszeichnungen, u. a. den Deutschen Krimipreis 2002 für den ersten Band der Tabor-Süden-Reihe und den Deutschen Krimipreis 2003 für die nachfolgenden drei Bände.

Friedrich Ani

SÜDEN UND DER MANN IM LANGEN SCHWARZEN MANTEL

Roman

Knaur

Besuchen Sie uns im Internet:
www.knaur.de

Originalausgabe Juni 2005
Copyright © 2005 by Knaur Taschenbuch
Ein Unternehmen der Droemerschen Verlagsanstalt
Th. Knaur Nachf. GmbH & Co. KG, München
Alle Rechte vorbehalten. Das Werk darf – auch teilweise – nur mit
Genehmigung des Verlags wiedergegeben werden.
Umschlaggestaltung: ZERO Werbeagentur, München
Umschlagabbildung: Photonica / Joshua Sheldon
Satz: Ventura Publisher im Verlag
Druck und Bindung: Clausen & Bosse, Leck
Printed in Germany
ISBN 3-426-62389-7

2 4 5 3 1

Ich arbeite auf der Vermisstenstelle der Kripo und kann meinen eigenen Vater nicht finden.
                    Tabor Süden

1

»Für wie lang?«, fragte die junge Frau an der Rezeption.
Ich sagte: »Eine Nacht.«
»Erwarten Sie noch jemanden?«
»Nein.«
Ihre geschwungene Brille mit der roten Fassung erinnerte mich an die einer Kollegin, die etwa im gleichen Alter wie die Hotelangestellte gewesen sein dürfte.
»Das kostet aber fünfundneunzig Euro«, sagte sie.
»Soll ich im Voraus bezahlen?«, sagte ich.
»Nur hier ausfüllen, bitte.«
Im Zimmer, das im ersten Stock lag, öffnete ich ein Fenster und blickte auf eine ungemähte Wiese mit Löwenzahn, Gänseblümchen und Glockenblumen, leuchtende Farben in der Mittagssonne. Und immer wieder, für Sekunden, vollkommene Stille. Vielleicht dirigierte der Wind die Geräusche und die Stimmen, den Singsang der Vögel, wobei er jede Pause in seiner kosmischen Partitur genau einhielt und sein Orchester ihm bedingungslos folgte.
Bis zum Friedhof brauchte ich zehn Minuten. Seit mehr als zwei Jahren war ich nicht mehr dort gewesen, eine der örtlichen Gärtnereien kümmerte sich in meinem Auftrag um das Grab. Es sah so gepflegt aus wie die übrigen Gräber. Der graue, unauffällige Stein und die Umrandung wirkten sauber, als wäre beides kürzlich abgeschrubbt worden, aus der offensichtlich frisch gegosse-

nen Erde wuchsen gelbe und violette Stiefmütterchen, in einer Plastikvase standen sieben rote Rosen und in der niedrigen, schmiedeeisernen Laterne mit dem aufklappbaren Deckel zuckte ein rotes Licht.

Unwillkürlich wandte ich mich um. Beim Anblick der frischen Rosen und der kaum heruntergebrannten Kerze hatte ich mir plötzlich vorgestellt, jemand anderes habe soeben an meiner Stelle gestanden. Und ich bildete mir ein, einen süßlichen Geruch wahrzunehmen, und erwartete Schritte auf dem Kies.

Aber da war niemand. Ich drehte den Kopf. Soweit ich erkennen konnte, befand sich außer mir niemand in der Nähe. Ich verschränkte die Arme vor der Brust, legte den Kopf in den Nacken und schloss die Augen.

Siebzig Jahre wäre meine Mutter heute geworden. Sie starb, als ich dreizehn war, drei Jahre später verschwand mein Vater und tauchte nie wieder auf. Den Rest meiner Jugendzeit verbrachte ich bei der Schwester meiner Mutter und deren Mann, Lisbeth und Willibald, der mir verbot, ihn Onkel zu nennen, während Lisbeth sich in meiner Gegenwart immer selbst als Tante bezeichnete. Bis zum Tag meines Umzugs ins sechzig Kilometer entfernte München, genau einen Monat nach dem Abitur, umsorgte sie mich wie ein Kind, das seine Lebenstüchtigkeit in der gefährlichen Welt der Erwachsenen noch lange nicht bewiesen hatte. Manchmal ärgerte mich ihre Mamahaftigkeit, manchmal nervte sie mich, manchmal versöhnte sie mich mit der Abwesenheit meiner Mutter, manchmal wäre ich am liebsten weggelaufen.

Die Kirchenglocken begannen laut zu läuten, und ich öffnete die Augen. Das Sonnenlicht blendete mich, und ich senkte den Kopf. In diesem Moment hörte ich hinter meinem Rücken ein metallisches Quietschen, es klang im Gleichklang der Glocken wie eine beleidigende Disharmonie.

Mit beiden Händen stemmte ein Mann die Klappe des Abfallcontainers hoch, den Kopf tief in der Öffnung. Auf die Entfernung konnte ich nichts weiter als einen dunklen Mantel, der mir zu warm, für das Wetter völlig ungeeignet vorkam, und die breite Statur des Mannes erkennen. Vielleicht hatte er aus Versehen etwas weggeworfen, das er dringend wiederfinden musste, denn er rührte sich nicht von der Stelle. Solange ich hinsah, hielt er den Kopf gesenkt, die Arme schräg gegen den Deckel gestemmt, ohne jede Regung.

Nach einigen Minuten, in denen ich nichts tat, als den Namen meiner Mutter Alma Süden auf dem Grabstein zu lesen, bückte ich mich und besprengte mit dem kleinen Latschenzweig aus der Messingschale, die sich in ähnlicher Form auf allen Gräbern befand, die Blumen mit geweihtem Wasser, eine willkürliche Geste. Erst hinterher fiel mir ein, dass ich vielleicht in der Luft ein Kreuz hätte formen sollen.

Als ich den Friedhof verließ, hatten die Glocken aufgehört zu läuten, und der Mann am Container war verschwunden. Nahe der Kirchenmauer bemerkte ich eine mit Brettern bedeckte Grube und einen Erdhaufen daneben.

Ich ging denselben Weg zurück, den ich gekommen war, ohne jemanden zu beachten oder einen Blick auf die unvermeidlich vertrauten Bauernhäuser und Läden zu werfen. Abends, so hatte ich mir vorgenommen, wollte ich noch einmal das Grab besuchen. Anschließend würde ich im Restaurant meines Hotels trinken, bis ich einen mir angemessenen Zustand der Bebiertheit erreicht hätte, der mich hernach am offenen Fenster im ersten Stock vor jeglicher Bewunderung der Landschaft bewahren würde.
Auf der Hotelterrasse direkt unter meinem Fenster setzte ich mich an einen Tisch an der Hauswand, beschattet vom Astwerk einer Kastanie, schläfrig, seltsam missgelaunt, unhungrig und nicht einmal durstig. Als ich den Kopf hob, weil ich ein leises Geräusch gehört hatte, stand ein Mann vor mir, der genauso angezogen war wie ich, mit einem weißen Hemd und einer schwarzen Hose. Statt einer schwarzen Lederjacke wie ich trug er eine schwarze Weste. Sein Gesicht sah gerötet und aufgedunsen aus, und er schaute auf mich herunter. Er schaute. Ich schaute zurück. Eine Weile schauten wir uns an.
Und dann stellte er mir die möglicherweise gemeinste Frage der Welt: »Kennst mich noch?«
Und ich sagte ungeniert munter: »Nein.«
»Ich bin der Johann«, sagte er. »Servus, Süden.«
»Servus«, sagte ich.
»Johann Gross«, sagte er.
»Ja«, sagte ich.
»Was machst du bei uns? Bist du wegen der Beerdigung vom Pfarrer hier? Hast du den noch gekannt?«

»Wen?«, sagte ich. Dann zog ich die Lederjacke aus und hängte sie über die Lehne des Stuhls neben mir.
»Den Pfarrer Wild«, sagte er. »Dass ich dich hier treff! So was! Magst was trinken, Süden? Oder ist dir lieber, wenn ich Tabor sag? Wir haben alle immer Süden zu dir gesagt. Aber jetzt bist du ja ein bekannter Kommissar, hab schon von dir in der Zeitung gelesen.«
»Ich bin nicht bekannt«, sagte ich.
»Wer in der Zeitung steht, ist bekannt!«
»Wie gehts dir, Johann?«, sagte ich.
Er stockte einen Moment. »So warst immer«, sagte er. »Du hast schon früher immer Johann zu mir gesagt und nicht Hansi, wie die andern. Das hab ich dir immer hoch angerechnet, weißt du das?«
»Nein«, sagte ich.
»Einige haben dich Südi genannt, das hast du gehasst.«
Ich sagte: »Ich habe einen Kollegen, der nennt mich immer noch so.«
»Ein blöder Hund!«, sagte Johann. Aber es klang nicht komisch. Er grinste oder lächelte auch nicht. Auf seinem plumpen Gesicht spielte keine Musik, es war verstummt, es funktionierte nur noch nach den ledernen Gesetzen der Muskeln und den zornigen des Blutes. Ich erkannte ihn wieder, den Sohn des Architekten, den behüteten Jungen, der immer in frisch gewaschenen Hemden und Hosen auf den Spielplatz kam, immer fesch und adrett, immer zum Vorzeigen geeignet, immer ein anderer als der, der er wirklich sein wollte.
»Gut gehts«, sagte er. »Ich bin hier angestellt.«

Johann Gross war also Kellner geworden. Aber ich wusste, dass er sich als Kind nichts sehnlicher gewünscht hatte als eine Gitarre und Mitglied einer Band zu werden, vielleicht in der, in der auch ich zeitweise auf den Bongos spielte. Nichts machte ihm mehr Freude, als Platten von Rockbands zu hören und auf einem Stück Holz die Riffs nachzuahmen und mitzusingen, alles heimlich natürlich, denn seine Eltern verboten ihm sein Vergnügen. Und er fügte sich. Und ich habe nie verstanden, wieso.
»Habt ihr eine Suppe?«, sagte ich.
»Erbsensuppe mit Würstel«, sagte er. »Ist dir nicht zu heiß dafür?«
»Nein«, sagte ich.
»Schön, dich wiederzusehen«, sagte er, und ich bildete mir ein, sein Mund wehrte sich gegen die Ausdruckslosigkeit in seinem Gesicht.
»Welcher Pfarrer ist gestorben?«, sagte ich.
»Unsrer«, sagte Johann. »Der Pfarrer Wild. Er hat sich doch aufgehängt, hast du das nicht gewusst?«
»Woher denn?«
»Aus der Zeitung.«
»Ich wusste es nicht«, sagte ich. »Warum hat er sich aufgehängt?«
»Alkohol«, sagte Johann und starrte mich an wie vorhin, als er auf die Terrasse gekommen war. »Er hat Depressionen gehabt.« Mit einer fahrigen Bewegung kratzte er sich am Ohr. »Außerdem hat er eine Freundin gehabt, angeblich die Feiningerin, es gibt Leut, die behaupten, er hat sich wegen ihr aufgehängt. Weil sie ihn verlassen wollt,

was weiß ich. Ich weiß nicht, ob das stimmt mit der Feiningerin. Der Pfarrer Wild war fast siebzig. Morgen ist die Beerdigung. Ich hab gedacht, du bist deswegen da. Hast du ihn gekannt, Süden?«

»Nein«, sagte ich.

»Ich bloß flüchtig. Ich geh nie in die Kirche«, sagte Johann. »Ich glaub an nix, nur ans Sterben. Willst was trinken?«

»Ein Bier«, sagte ich. »Trinkst du eins mit?«

»Wie lang bist noch da?«

»Bis morgen.«

»Wollen wir heut Abend was trinken?«

»Ja«, sagte ich.

Er nickte und ging. Einmal, daran erinnerte ich mich plötzlich, hatte ich Johann ein Alibi gegeben, weil er unbedingt beim Auftritt einer Band im Bräukeller dabei sein wollte. Gegenüber seiner Mutter hatte er behauptet, er würde mit mir Tippkick spielen. Kurz nach zehn Uhr abends rief sie bei uns an, und ich sagte, Johann sei gerade auf der Toilette. Seine Eltern spionierten ihm ständig hinterher, obwohl er schon fünfzehn war. Ich radelte zum Bräukeller, um ihn zu holen. Doch er konnte nicht mehr aufrecht stehen, er hatte Bier und Schnaps getrunken und zu viele Zigaretten geraucht und hing über der Kloschüssel und würgte. Uns, den hilflosen Freunden, blieb nichts, als seinen Vater anzurufen, der ihn dann mit dem Auto abholte. Auf die nächsten Feste durfte er nicht gehen, und wieder tat er, was seine Eltern von ihm verlangten. Martin, mein bester Freund, und wir alle hielten

Johann für feige und schwach, wir redeten auf ihn ein, sich zu wehren und einfach abzuhauen, wenn seine Eltern sich weiter stur stellten. Aber er entschied sich dagegen. Und er fing an, Stücke zu schreiben, Rocksongs, Balladen, heimlich natürlich, und die spielten die örtlichen Bands, auch die, in der ich trommelte, und es waren mit Abstand die stärksten Heuler, die wir im Repertoire hatten. Natürlich erzählten wir allen, die Kompositionen seien von uns, was die Mädchen praktisch wehrlos machte.

»Ist ja eigentlich verboten«, sagte er und zündete sich eine filterlose Zigarette an, die er zuvor minutenlang akribisch gedreht hatte. Im Gegensatz zu mir trank er keinen Alkohol, sondern Orangensaftschorle. Dafür rauchte er ununterbrochen.
»Auf jeden Fall ungewöhnlich für einen Pfarrer«, sagte ich.
In der holzgetäfelten Gaststube saßen außer Johann Gross und mir ein Ehepaar mit zwei Kindern im Vorschulalter, Touristen aus Thüringen, wie Johann mir erklärt hatte, und zwei Männer in karierten Hemden, die fast wortlos Karten spielten, wie gelangweilt, wie gezwungen. Die Karten flogen hin und her, und wenn einer gewonnen hatte, sagte der andere: »Rache!« Von Johann wusste ich, dass ihre Väter, beides Landwirte in Taging, sie enterbt hatten, weil der eine, anstatt den Hof zu übernehmen, in der Kreisstadt eine Lehre als Raumausstatter gemacht hatte und seither dort arbeitete und der andere

ebenfalls in der Kreisstadt als Elektriker in einer großen Autowerkstatt untergekommen war. Allerdings wohnten sie immer noch zu Hause, auf Wunsch der Mütter, wie sie Johann erzählt hatten, damit die Väter eventuell doch noch ein Einsehen hätten und wieder mit ihren Söhnen redeten, was die alten Männer bislang strikt verweigerten. Nach Johanns Meinung warfen die Bauernhöfe kaum noch Gewinn ab.

Unter einem dunklen Gemälde saß ein weiterer Mann und las in einem Buch. Er trug ein dunkles Jackett und machte einen konzentrierten, beinah verkniffenen Eindruck. An seinem Bierglas nippte er nur.

»Die Leut sagen, die Feiningerin ist schuld.« Johann kratzte sich am Ohr und sah ausdruckslos an mir vorbei zur Tür. »Die hat den Pfarrer Wild so weit gebracht. Ich glaub gar nix.«

»Hat er keinen Abschiedsbrief hinterlassen?«, sagte ich. Mein Glas war leer, aber Irmi, die Bedienung, las am Tisch vor dem Tresen Zeitung, und ich wollte sie nicht stören.

»Nein«, sagte Johann. »Keine Ahnung. Die Sache mit der Feiningerin ist ja bloß ein Gerücht, so was brauchen die Leut, damit was haben, an dem sie sich aufgeilen können. Vergiss die Leut!« Er trank, wischte sich über den Mund, zog ein Blättchen aus der schmalen Packung und verteilte Tabakkrümel darauf.

Ich sagte: »Leben deine Eltern noch?«

Er leckte über das Papier und klebte die mickrige Fluppe zu. »Meine Mutter ist weggezogen, vor zehn Jahren schon, mein Vater hat wieder geheiratet, wir sehen uns selten. Ich arbeite jeden Tag, das ganze Jahr. Im Dezember haben wir drei Wochen zu, lohnt sich nicht. Lohnt sich noch weniger als sonst im Jahr.« Wieder hatte ich den Eindruck, er bemühe sich um ein Grinsen, doch es gelang ihm nicht, vielleicht hatte er es verlernt oder sein Mund hatte vergessen, wie es ging.

»Wieso hast du deine Ausbildung als Krankenpfleger nicht beendet?«, sagte ich.

»Hab ich dir doch erklärt, ich war selber krank.« Er sog den Rauch tief ein, und ich musste an Martin denken, der seine Salemohne genauso gierig inhalierte.

»Aber danach«, sagte ich. »Als du deine Krisen hinter dir hattest.«

»Kein Geld.« Er rauchte, nahm mein Glas und hielt es hoch. Offenbar hatte Irmi, die hinter meinem Rücken saß, ihre Lektüre unterbrochen.

Wir schwiegen.

Am Fenster rief einer der beiden Spieler »Rache!« und knallte seine Restkarten auf den Tisch.

»Zum Wohl, Herr Süden!« Irmi stellte das Bier hin und strich Johann über die Schulter. »Der Hansi hat mir heut Nachmittag erzählt, Sie kennen sich aus der Schule. Ich kenn Sie auch noch als Bub. Ich arbeit ja schon fast dreißig Jahre hier. An meinem fünfundsechzigsten hör ich auf nächstes Jahr, das hab ich mir geschworen.«

»Du hörst bestimmt nicht auf«, sagte Johann. »Das hast du schon vor deinem sechzigsten gesagt.«

»Aber jetzt langts.« Dann beugte sie sich zu uns herunter,

wobei sie das kleine silberne Kreuz, das sie an einer Kette um den Hals trug, an ihre Brust drückte. »Der Herr da hinten, Herr Süden, das ist der Herr Jagoda, der Lehrer, Sie haben bestimmt von der schrecklichen Sache gehört, Sie sind ja bei der Polizei. Er kommt immer mittwochs und freitags, allein, ohne seine Frau. Hast du das schon erzählt, Hansi?«

»Nein«, sagte Johann, kratzte sich hastig am Ohr und sah wieder zur Tür, als erwarte er jemanden. Der Gast, von dem Irmi redete, schien ihn nicht zu interessieren.

»Armer Mann«, sagte Irmi und sprach noch leiser. »Seine Frau sieht man gar nicht mehr. So was erträgt kein Mensch. Wissen Sie was Neues? Gibts eine neue Spur?«

Jeder im Dezernat 11 hatte vom Fall Anna Jagoda gehört.

»So was wünsch ich meinem ärgsten Feind nicht!« Erschrocken über ihre laute Stimme, fuhr Irmi sich über den Mund. »Einfach weg, wie vom Erdboden verschluckt«, flüsterte sie. »Schon ein Jahr her, wir sind überschwemmt worden von Reportern, in allen Zeitungen stand was über uns. Manche haben geschrieben, wir würden was verheimlichen, haben Sie das gelesen, Herr Süden? Das ist doch unerhört! Und Ihre Kollegen haben nichts dagegen unternommen.«

Natürlich hatten auch wir in München über unser Computersystem INPOL die Daten der Kollegen mit Fällen aus unserem Zuständigkeitsbereich abgeglichen.

»Die zehnjährige Anna«, sagte ich. »Das Dezernat, in dem ich arbeite, ist für diesen Fall nicht zuständig, wir

kümmern uns nur um Vermissungen aus München und der nächsten Umgebung.«
»Schade«, sagte Irmi. Einer der Kartenspieler winkte ihr. »Man hofft ja immer, dass das Kind wiederkommt. Und niemand hat was gesehen, wie so oft. Und das in unserem Dorf!« Sie legte die Hand auf das Kreuz an ihrer Brust und ging zum Fenstertisch.
»Was ist deine Vermutung?«, sagte ich.
Johann drückte die Kippe mit dem Daumen im Aschenbecher aus. »Ich kenn die Familie fast nicht, keine Ahnung. Sie haben den Krapp verdächtigt. Die Zeitungen und die Leut. Den musst du kennen, der ist so alt wie wir.«
»Der Sohn vom Friseur«, sagte ich.
»Sein Vater hat den Laden an ihn übergeben, Niko hat keine Wahl gehabt. Geschieht ihm recht, dem Angeber. Er hat seinen Laden zumachen müssen, die Leut ächten den. Obwohl die Polizei gesagt hat, er ist unschuldig. Ich bin nie zu dem gegangen, ich schneid mir meine Haare selber.«
»Ehrlich?«, sagte ich.
»Ist ein Witz. Willst du noch ein Bier?«
»Ja«, sagte ich. Weshalb er nur Saft trank, wusste ich nicht, und ich wollte ihn nicht ausfragen. »Und einen Schnaps.«
»Nimm den Obstler«, sagte er, stand auf und nahm mein Glas, das ich ziemlich schnell geleert hatte.
Als er zum Tresen ging, blickte ich hinüber zu dem lesenden Mann unter dem Gemälde. Er sah mich an, offenbar

schon eine Weile. Er nickte mir zu, und ich tat dasselbe. Dann stand ich auf und ging zu ihm.
»Herr Süden«, sagte er. »Ich bin Severin Jagoda.«
Ich gab ihm die Hand. Er schob das Buch beiseite, eine Bibel.
»Was Ihnen zugestoßen ist, tut mir sehr Leid«, sagte ich.
»Sind Sie jetzt für meine Tochter zuständig?«, sagte er.
»Nein«, sagte ich. »Ich bin hier, weil meine Mutter heute siebzig geworden wäre.«
»Ich hab Sie auf dem Friedhof gesehen«, sagte er. »Ich war heut Abend am Grab meiner Schwiegermutter und bin grad weggefahren, als sie kamen. Ich hab Sie sofort erkannt, Ihr Bild war ein paar Mal in der Zeitung.«
»Haben Sie neue Informationen?«, sagte ich.
Das Bild, unter dem er saß, zeigte ein dunkles Pferd auf einer dunklen Weide vor einem dunklen Wald unter dunklem Himmel. Es war ein schauerlich gemaltes Gemälde, und vielleicht schämten sich die Farben so für das Motiv, dass sie unaufhörlich nachdunkelten.
»Die Sonderkommission existiert noch«, sagte Jagoda. »Pro forma. Anna ist tot, daran gibt es keinen Zweifel. Oder würden Sie als Profi das bezweifeln?«
Ich bezweifelte es nicht und sagte: »Die Kollegen suchen weiter, auch im Ausland, auch übers Internet, die Sonderkommission existiert nicht nur auf dem Papier.«
»Selbstverständlich«, sagte er. Sein Gesicht war bleich, seine Stimme klang müde. Das Sakko war ihm zu weit, die Schultern standen unförmig ab, ein Knopf hing an einem Faden lose herunter. Er hob den Kopf, zögerte und

räusperte sich. »Ich möcht Ihnen gern eine Frage stellen. Weil wir uns so zufällig begegnen, und weil ...« Es schien, als denke er darüber nach, einen Schluck zu trinken, er legte die Hand ans halb volle Bierglas und nahm sie wieder weg. »Würde es Ihnen was ausmachen, sich kurz zu mir zu setzen? Nur eine Minute.«
Ich drehte mich um. Johann stellte gerade meine Getränke auf den Tisch. »Ich komme gleich!«
»Kein Problem«, sagte Johann, setzte sich und begann, eine Zigarette zu drehen.
»Darf ich Ihnen was zu trinken bestellen?«, sagte Jagoda, nachdem ich ihm gegenüber Platz genommen hatte.
»Nein.«
Er klappte die Bibel zu und ließ seine Hand darauf liegen. »Sie sind nicht zuständig, das versteh ich.« Er sprach mit gedämpfter, unsicherer Stimme, die ich, obwohl ich nah vor ihm saß, teilweise schwer verstand. »Ich will Ihnen trotzdem etwas darlegen, ich hab darüber auch mit Ihren Kollegen diskutiert, und sie haben mir zugehört. Aber meine Überzeugung haben sie nicht geteilt, bis heute nicht.« Nach einer kurzen Pause redete er beinah murmelnd weiter. »Der Mörder lebt hier im Dorf. Jemand aus unserem Dorf hat unsere Anna entführt und wahrscheinlich ermordet, ich weiß das, und es gibt nur einen Menschen, der das beweisen könnte.«
»Nein«, sagte ich.
»Ich weiß, Sie dürfen nicht, das würde Ihre Kompetenzen überschreiten. Aber worum ich Sie bitten möcht, betrifft Ihre Kompetenzen nicht. Ich möcht Sie bitten, einmal,

nur einmal, die Akten durchzusehen, die meine Frau und ich gesammelt haben, Zeitungsausschnitte, Dinge, die wir uns aufgeschrieben haben, wenn die Kommissare bei uns waren. Nur ein Ordner, recht dick, ja, es sind auch Fotos dabei, Skizzen, Zeittabellen. Jemand aus Taging hat Anna umgebracht, und Sie können es herausfinden.«
Er griff nach seinem Bierglas, sah mich aus schmalen Augen an und trank einen langen Schluck.
»Haben Sie einen Beweis?«, sagte ich. »Ein stichhaltiges Indiz.«
»Nein«, sagte Jagoda. »Ich weiß es einfach. Da ist kein Fremder mitten am Nachmittag am Seeufer entlanggefahren und hat Anna gesehen, und sie ist dann bei dem ins Auto gestiegen. Das ist absurd. So was macht die Anna nicht. Niemand hat einen Fremden gesehen. Es war drei Uhr am Nachmittag, Herr Süden, die Sonne schien, Leute waren unterwegs, Leute, die Anna gesehen haben, die sie beschreiben konnten. Und dann, von einer Sekunde zur andern, war sie weg. Da war jemand aus dem Dorf, den sie kannte, zu dem sie Vertrauen hatte, zu dem ist sie ins Auto gestiegen, und der hat sie entführt und ermordet. Eine andere Erklärung gibt es nicht.«
»Kein Zeuge hat sie in ein Auto steigen sehen«, sagte ich. »Kein einziger.«
»Ertrunken ist sie nicht.«
»Es waren Taucher tief unten im Taginger See. Und wenn sie ins Wasser gegangen wär, aus welchen Gründen auch immer, hätt jemand sie bestimmt bemerkt. Auf dem See waren Ruderboote, Tretboote, am Ufer saßen Spaziergän-

ger, niemand badet an dieser Stelle, das ist verboten dort.«

»Anna ist kein vertrauensseliges Mädchen«, sagte ich.

»Sie weiß genau, mit wem sie sprechen darf und mit wem nicht, das haben wir ihr früh beigebracht.« Er trank, verzog das Gesicht und stellte das Glas hin. »Abgestanden! Würden Sie das für mich und meine Frau tun? Einmal die Akte lesen? Vielleicht fällt Ihnen was auf, eine Winzigkeit. Ich hab von Ihren Erfolgen in der Zeitung gelesen. Ich bitt Sie, ich geb Ihnen die Akte mit und hol sie bei Gelegenheit bei Ihnen in München wieder ab.«

Ich strich mir die Haare aus dem Gesicht. »Das wäre nicht nötig, ich könnte sie hier lesen, ich muss nicht ins Büro.«

»Sie haben Urlaub?«

»Zwangsurlaub.«

»Um Gottes willen!«, sagte Jagoda. »Sie sind doch nicht suspendiert worden?«

»Nein«, sagte ich. »Ich muss Überstunden abbauen. Ich habe drei Wochen frei.«

»Wie schön.«

Ich sagte: »Sie sind Lehrer von Beruf?«

»An der Grundschule. Ich hab auch Anna unterrichtet. Sie wär jetzt schon in der ersten Klasse des Gymnasiums.«

Nach einem Schweigen stand ich auf. »Ich komme um halb acht bei Ihnen vorbei und hole die Akte. Dann lese ich sie und gebe sie Ihnen wieder.«

»Danke!« Er stand ebenfalls auf und streckte mir die Hand hin. »Was für ein glücklicher Zufall, Sie hier zu

22

treffen, nachdem ich mich am Friedhof nicht getraut hab, Sie anzusprechen. Wir wohnen Finkenweg zwölf, das ist ...«
»Ich weiß, wo das ist«, sagte ich.
»Selbstverständlich wissen Sie das, Sie sind ja hier aufgewachsen! Entschuldigen Sie.«
Den Finkenweg kannte ich nicht nur, weil ich in Taging aufgewachsen war. Am Finkenweg 5 hatte Bibiana gewohnt, ihr Zimmer hatte ein rundes Fenster, und wenn wir verabredet waren, winkte sie mir von dort oben zu. In den Jahren zwischen dem Tod meiner Mutter und dem Verschwinden meines Vaters geleitete mich dieses Winken jedes Mal aus der Arktis meiner Gedanken in eine Gegend aus purem Sommer.

2

In der Nacht lag ich wach und nackt auf dem Bett und dachte darüber nach, wieso ich überhaupt nach Taging gefahren war und noch dazu ein Zimmer gemietet hatte. Am sechzigsten Geburtstag meiner Mutter hatte ich in der katholischen Kirche des Münchner Stadtteils, in dem ich wohnte, in Heilig Kreuz auf dem Giesinger Berg, eine Kerze für sie angezündet und mich zu einem vagen Gebet in eine Bank gekniet. Was mir damals durch den Kopf gegangen war, unterschied sich unwesentlich von dem, was ich heute im »Hotel Koglhof« dachte. Ich wunderte mich über die unscharfen Bilder, die ich sah, meine Mutter in einem weißen, luftigen Kleid, als ich vielleicht sieben Jahre alt war, meine Mutter auf dem Krankenlager aus Stroh, irgendwo in der Nähe von Oklahoma City, wohin mein Vater sie zu einem Schamanen gebracht hatte, ohne dass ich mir bis heute erklären kann, wo er diesen Medizinmann kennen gelernt hatte. Er hat nie ein Wort darüber verloren, und als meine Mutter starb, fragte ich nicht mehr danach. Schemenhaft tauchten die beiden in meiner Erinnerung auf, wie Fremde, denen ich irgendwann zufällig begegnet war, meine Mutter mit ihrem hageren, Schmerz spiegelnden Gesicht, mein Vater mit seinen klobigen, ständig durch die Luft irrenden Händen. So sehr ich mich bemühte, sie kamen mir nicht näher, so bedeutend der Anlass sein mochte, an dem ich versuchte zurückzukehren – Geburtstage, Todestage, sogar der Tag, an dem mein Vater verschwand –, nie gelang mir eine wahrhaftige innere Begegnung, immer war es mehr die Inszenierung einer Begegnung, deren Beschwörung oder ein trotziger Wille. Hinterher lief ich meist ziellos durch die Stadt, getrieben von in wütende Gleichgültigkeit umschlagenden Unmut. Und dazu der alte lächerliche Spottspruch, »vom Einzelkind zum Einzelerwachsenen«, und ein hämisches Grinsen und der kindische Neid im Angesicht von Paaren, die mit ihren Kindern turtelten. In diesen Momenten holte mich der mit Hass und Entsetzen voll gepumpte Jugendliche ein, der im Krankenhaus das winzige Gesicht seiner toten Mutter anschauen musste und drei Jahre später in der Küche den leeren Stuhl mit der Lederjacke seines Vaters über der Lehne – armselige Beweise für die Existenz zweier Menschen, die, ohne mir Bescheid zu sagen, das Universum verlassen hatten.

Nicht einmal an Blumen hatte ich gedacht. Und jetzt lag ich bei offenem Fenster in einem nach Putzmittel riechenden Zimmer und schaffte es nicht aufzustehen, Geld auf den Tisch zu legen, zum Bahnhof zu gehen, der gegenüber dem Hotel lag, und mit dem ersten Zug das Dorf zu verlassen.

Ich hatte ein Versprechen gegeben.

Aber ich hatte nicht einmal an Blumen gedacht. Nicht einmal vor meinem zweiten Besuch am Abend. Jemand anderes hatte die Rosen in die Vase gestellt, ein Angestellter der Gärtnerei hat das Grab geschmückt und vermutlich die Kerze angezündet. Auch keine Kerze hatte ich mitgebracht. Ich hatte an den Geburtstag gedacht,

25

mehr nicht, und mir eingeredet, es sei wichtig, das Grab zu besuchen. Was wollte ich damit beweisen? Falsche Frage. Was wollte ich *mir* damit beweisen? Dass ich da war? Hast du mich gesehen, Mama?
Ich dich auch nicht.
Ich holte eine Bierflasche aus der Minibar und trank am offenen Fenster. Der Himmel war voller zirpender Sterne. Und ich wusste, ich wollte nie wieder in dieses Dorf zurückkehren. Und ich wusste noch nicht, wie erleichtert dieses Dorf darüber sein würde.

Umringt von vier Kindern, die sich alle Mühe gaben, meine Bewegungen nachzuahmen, verbrachte ich eine Stunde auf dem asphaltierten Platz oberhalb des Bootsverleihs. Hier war vor einem Jahr die zehnjährige Anna Jagoda spurlos verschwunden. Von diesem Parkplatz am See oder in unmittelbarer Nähe, falls die Aufzeichnungen der Eltern und die bisherigen Untersuchungsergebnisse meiner Kollegen stimmten.
Das Haus, in dem die Familie Jagoda wohnte, lag nicht einmal fünf Gehminuten von der Parkbank entfernt, die sich unmittelbar vor dem zur Bootshütte gehörenden Kiosk befand, wo sich Anna und ihre Freundin Esther am Samstag, den fünften Juli, um fünfzehn Uhr verabredet hatten.
Ursprünglich wollten sie sich erst eine Stunde später treffen. Doch dann rief Esther aus dem nahe gelegenen Schwimmbad bei Anna an und meinte, sie habe keine Lust mehr, sich von blöden Jungen ärgern zu lassen.

Zudem sei ihr der Wind zu kalt und sie habe Hunger. Ob Anna nicht schon um drei an den See kommen könne.

Als habe er das Telefongespräch mit angehört, notierte Severin Jagoda später Wort für Wort von dem, was Anna seiner Erinnerung nach vor ihrem Weggehen zu ihm gesagt hatte. Auch ihre Äußerungen in den Stunden davor fanden sich in Jagodas Bericht, authentisch klingende Zeugnisse, die für den Lehrer, je länger seine Tochter verschwunden blieb, eine unzweifelhafte Wahrheit dokumentierten. Obwohl laut den Protokollen meiner Kollegen sogar Miriam Jagoda vielen Zitaten widersprach, rückte ihr Mann nicht von seiner Überzeugung ab, die Aussagen seiner Tochter enthielten Hinweise auf »das Unvorstellbare«, wie er Annas Verschwinden nannte. Mir kam es so vor, als vertraue er den geschriebenen, nacherzählten Worten mehr als den tatsächlich gesprochenen, als stellten seine Berichte eine Wirklichkeit dar, die wir Außenstehenden unfähig waren zu begreifen, zu entschlüsseln und zu ertragen, während er zumindest eine Ahnung davon entwickelte, wie das Unvorstellbare aussehen könne.

Er drückte mir den dicken Ordner in die Hand, nachdem er ihn aufgeschlagen und kurz durchgeblättert hatte, wortlos, mit verschlossener Miene, und bedankte sich noch einmal für meine Bereitschaft, »die Dokumente«, wie er sich ausdrückte, zu lesen. Er müsse sich wieder hinlegen, sagte er, er habe die ganze Nacht kein Auge zugetan und bitte um Verständnis, dass er mir keinen

Kaffee oder Tee anbieten könne. Seiner Frau gehe es, so kurz vor dem ersten Jahrestag von Annas Verschwinden, wieder sehr schlecht, sie verlasse das abgedunkelte Kinderzimmer nicht mehr, liege nur noch zusammengekauert in Annas von Puppen und Plüschtieren bedecktem Bett, unaufhörlich weinend. Auf meine Bemerkung hin, ich könne ihnen einen ausgezeichneten Psychologen empfehlen, mit dem wir vom Dezernat 11 bei ähnlichen Fällen hervorragende Erfahrungen gemacht hätten, schüttelte er nur den Kopf, blickte über die Schulter in den Flur und klopfte dann, vereinsamt lächelnd, mit der flachen Hand auf den Ordner, den ich waagrecht vor dem Bauch hielt.
Das war heute Morgen um Viertel nach acht. Anschließend hatte ich auf dem Balkon des Schwimmbadrestaurants das fünfundsechzig Seiten umfassende Dossier durchgearbeitet, mir Notizen auf meinem kleinen karierten Spiralblock gemacht, den ich immer in der Hemdtasche bei mir trug, und danach den Rest des Vormittags am Seeufer verbracht, indem ich schaute und schwieg. In der Zeit zwischen halb eins und halb drei blieb ich in meinem Hotelzimmer, blätterte wahllos in Jagodas Archiv, legte mich angekleidet aufs Bett und fiel in einen leichten Schlaf voll wirrer Bilder und unzähliger Gesichter, Stimmen und Zeitsprünge.

Am fünften Juli vor einem Jahr hatte Anna Jagoda um zehn Minuten vor drei Uhr nachmittags die elterliche Wohnung am Finkenweg verlassen. Obwohl es fast dreißig Grad heiß war, die Sonne vom wolkenlosen Himmel brannte und kein Wind sich regte, trug sie Jeans und einen dünnen Rollkragenpullover, dazu ein seidenes Halstuch und weiße Söckchen in den Sandalen. In der Woche davor war sie nur zwei Tage in der Schule gewesen, sie hatte Halsschmerzen und ein wenig Fieber, keinen Appetit und nur den einen Wunsch, im Bett zu bleiben und Lucy, ihr Plüschrehkitz, im Arm zu halten. Deshalb sagte ihre Mutter Annas Verabredung mit Esther am Donnerstag ab, doch am Samstagmorgen kam Anna unerwartet an den Frühstückstisch der Eltern, mit einem »total hochhausriesigen Hunger«, wie ihr Vater sie in seinem Bericht zitierte, und bat darum, Esther treffen zu dürfen, schließlich sei sie jetzt wieder »superfit«. Nach einem von Tränen und trotziger Auszeit hinter verriegelter Badezimmertür unterbrochenen Disput erklärte sich Anna mit einem Vorschlag ihrer Mutter einverstanden. Anstatt wie verabredet den Nachmittag im Schwimmbad zu verbringen, sollten die beiden Mädchen am Taginger See gemeinsam Eis essen – »Weil, mein Hals ist wieder ganz schön normalrot«, sagte Anna den Aufzeichnungen ihres Vaters zufolge – und hinterher noch eine Stunde bei Esther spielen. Um sich nicht zu überanstrengen, sollte Anna daraufhin nach Hause zurückkehren. Die Wohnungen der beiden Familien waren eine knappe halbe Stunde voneinander entfernt, der Weg führte weitgehend an der Hauptstraße entlang, mitten durchs Dorf – eine Entfernung, auf der niemand Bedenken hatte, ein Kind allein gehen zu lassen. Das Gleiche galt für die Strecke vom Finkenweg zum See, einen sanften Hügel hinunter, nahe des Kindergartens an der Prälat-Kremer-Straße und der von Ausflüglern und Touristen gut besuchten Gaststätte »Sonnfels«, auf einem geteerten Weg, den Fußgänger und Radfahrer gleichermaßen nutzten.

Da Anna um vierzehn Uhr fünfzig das Haus verlassen hatte, hätte sie – vergnügtes Trödeln oder die Begegnung mit einem Bekannten eingerechnet – spätestens um fünfzehn Uhr die Bank beim Kiosk erreichen müssen. Vermutlich ließ sie sich tatsächlich Zeit, denn sie wusste, dass Esther, egal, was diese versprochen hatte, niemals pünktlich sein würde, jede ihrer Freundinnen kannte Esthers ewiges Zuspätkommen, und sie hassten sie dafür. Esthers Verhalten hatte die Mädchen so weit gebracht, sogar vor Verabredungen, an denen Esther nicht beteiligt war, zu fragen, ob die anderen zu normaler Zeit oder zu Estherzeit kommen würden.

Solche Details erfuhr ich aus den Notizen von Severin Jagoda, Hintergründe, Eigenschaften von Erwachsenen und Kindern, Vermutungen, Protokolle von Beobachtungen, wie von einem Privatdetektiv. Aber die dramatischen Lücken konnte er mit seinen Wörterbeschwörungen nicht schließen.

Vermutlich wäre Anna auf die Minute genau eine Stunde später aufgebrochen, wenn Esther nicht spontan aus dem Schwimmbad angerufen und den Termin vorverlegt hätte. Demnach schied eine geplante Entführung mit größter Wahrscheinlichkeit aus. Abgesehen davon fanden meine

Kollegen nicht das geringste Motiv, das eine derartige Tat in den Bereich des Möglichen gerückt hätte.

Außer Esther, Anna und deren Eltern wusste niemand von der neuen Verabredung. Die Jungen, die Esther genervt hatten, tummelten sich alle noch im Freibad, als Annas Eltern bereits auf dem Weg zum Kiosk waren, von dem aus Esther sie mit ihrem Handy angerufen hatte, weil sie seit zehn Minuten auf ihre Freundin warte, die doch sonst nie unpünktlich sei.

Esther war fünf Minuten vor halb vier am Kiosk eingetroffen, fünfundzwanzig Minuten später als versprochen. KEIN MENSCH, schrieb Severin Jagoda in Großbuchstaben, wollte Anna gesehen haben. Die Anzahl der Passanten – Leute auf den Bänken, Spaziergänger, Autofahrer, die gerade ihren Wagen parkten oder einstiegen, Hundebesitzer, Ruderboot- und Tretbootfahrer – hatte der Lehrer in seinem Ordner exakt notiert: achtundsiebzig. Achtundsiebzig potenzielle Zeugen, und keiner konnte sich an das Mädchen mit der schwarzen Meckifrisur im hellgrünen Rolli erinnern. Mit den Personen, die meine Kollegen noch am selben Nachmittag und Abend befragten, stieg die Zahl auf neunundachtzig.

Auf einer Strecke von etwa fünfhundert Metern am hellichten Nachmittag an einem sonnigen Samstag in unmittelbarer Nähe einer der meistbesuchten Stellen des Dorfes Taging ging Anna Jagoda unbemerkt verloren. Und noch ein Jahr später fehlte jede Spur von ihr.

Ein Jahr später war »das Unvorstellbare« zu etwas noch Unvorstellbarerem geworden, zu einer Unmöglichkeit, zu einer Absurdität, zu einem Witz, dem traurigsten der Welt.

Ich zählte mit: Elfmal tauchte in Jagodas Bewertung der Ereignisse am Schluss seines Ordners das Wort Witz auf, jedes Mal in Großbuchstaben: EIN WITZ.

Natürlich hatten meine Kollegen den Radius erweitert: Vielleicht war Anna nicht den Weg zum See gegangen, sondern in eine andere Richtung spaziert, vielleicht, weil sie wusste, ihre Freundin würde sowieso vor halb vier nicht auftauchen. Vielleicht, weil sie nach den trägen Tagen im Bett ein wenig herumtollen wollte, auf einer der Wiesen in der Nähe, auf dem kleinen Spielplatz vor der Gaststätte »Sonnfels«, auf einer wenig befahrenen Seitenstraße, aus Übermut, gedankenlos oder in Gedanken an Lucy, ohne die sie ganz bestimmt nicht so schnell gesund geworden wäre.

Wo immer sie sich aufgehalten haben mochte: Jemand hatte sie gesehen und angesprochen und mitgenommen. Und sie hatte sich mitnehmen lassen. Davon waren meine Kollegen vom zuständigen Dezernat bis heute überzeugt, und ich war es ebenfalls. Eine Suchaktion mit Tauchern im See hatte eher der Beruhigung der Eltern und der Bevölkerung gedient als dem Zweck, neue Erkenntnisse zu gewinnen. An einen Unfalltod der kleinen Anna glaubte kein Mitglied der anfangs fünfundzwanzig-, später vierzigköpfigen Sonderkommission.

Inzwischen lagen fast viertausend Hinweise aus dem In- und Ausland vor. Verteilt auf sämtliche Bundesländer, waren dreißigtausend Plakate mit Annas Bild aufgehängt worden, Fernsehsender hatten wiederholt über das Schicksal des Mädchens berichtet, und die Boulevardpresse rüstete sich für den Jahrestag, an dem sie mit Kritik an den Fahndern nicht sparen würde.

Immer wieder mussten sich die Kollegen im Lauf des Jahres Vorwürfe anhören, sie hätten schlampig gearbeitet oder sie seien schlicht unfähig, wie der Reporter einer überregionalen Zeitung schrieb, die »verschworene Dorfgemeinschaft zu knacken«. In Jagodas Ordner stieß ich auf einen Packen von kopierten Artikeln, in denen Journalisten die Arbeitsweise der Kripo massiv in Frage stellten, vor allem, was den Umgang mit dem Verdächtigen Nikolaus K. anging. Dabei traf diese Bezeichnung auf den Friseur überhaupt nicht zu, die Kollegen hatten ihn nie als Verdächtigen vernommen, immer nur als Zeugen. Als jedoch einem Lokalreporter ein Foto gelang, auf dem K. vor seinem Laden von zwei Kommissaren abgeholt wurde, stürzten die Gerüchte ins Uferlose.

Nachdem er bereits dreimal im ehemaligen Feuerwehrhaus, wo die Soko »Anna« ihre Lagebesprechungen abhielt und alle Informationen zusammenliefen, befragt worden war, weigerte er sich, ein viertes Mal dasselbe zu erzählen. Aufgrund der Aussage einer Zeugin sei K. am fünften Juli mit seinem Range Rover durch die Prälat-Kremer-Straße gefahren, wo er, nicht weit vom Kindergarten entfernt, angehalten und mit einem dunkelhaarigen Mädchen am Straßenrand gesprochen habe. Die Zeugin, eine Frau aus Taging, dachte sich nichts weiter dabei, da der Wagen ein örtliches Kennzeichen aufwies, zudem hätte sie eine Verabredung bei einer Bekannten gehabt und sei schon zehn Minuten zu spät dran gewesen. Bedauerlicherweise erinnerte sie sich erst einen Monat nach dem Verschwinden des Mädchens an diesen Vorfall. Sie habe, erklärte sie meinen Kollegen, einfach nicht mehr daran gedacht, weil sie sonst nie in dieser Gegend unterwegs sei. An jenem Samstag habe sie einer kranken Kollegin, die wie sie im Rathaus arbeite, Lebensmittel vorbeigebracht, worum diese sie gebeten hatte. Daraufhin hätten sie sich »verratscht«, und so sei sie erst kurz vor drei in aller Eile wieder abgefahren.

Den Range Rover ausfindig zu machen dauerte keine zwei Tage, doch sein Besitzer stritt zunächst ab, zur fraglichen Zeit überhaupt unterwegs gewesen zu sein. Schließlich gab er zu, »wegen der besonderen Umstände«, wie er sich ausdrückte, gelogen zu haben. Er sei nämlich betrunken gewesen. Deswegen habe er auch nicht mehr gewusst, wo genau er langgefahren sei. Mit einem Mädchen am Straßenrand habe er aber garantiert nicht gesprochen. Als Erklärung für seine Trunkenheit gab er zuerst an, bei einem Frühschoppen »praktisch versumpft« zu sein, dann rückte er endlich damit heraus, dass er ein Verhältnis mit einer verheirateten Frau habe, bei der er sich, da ihr Mann bei einer Konferenz in München gewesen sei, von Freitag auf Samstag aufgehalten habe, auch noch den ganzen Vormittag, wobei sie zwei Flaschen Champagner getrunken hätten. »Wegen der Gaudi«, wie er zu Protokoll gab. Eindringlich bat er darum, den Namen der Frau geheim zu halten, sie sei nämlich die

Frau des Kämmerers der Gemeinde, eines angesehenen Rechtsanwalts.

Doch auch bei seiner vierten Vernehmung bestritt er, wegen eines dunkelhaarigen Mädchens angehalten zu haben. Wie meine Kollegen recherchierten, tauchte K., nachdem er seine Geliebte verlassen hatte, in seinem Friseurladen auf, ärgerte seine beiden weiblichen Angestellten, die bis vier Uhr dableiben mussten, obwohl sich keine Kunden mehr angemeldet hatten, mit unangemessenen Bemerkungen über ihr Aussehen und ihr berufliches Engagement und verschwand wieder. Soweit sich die beiden Frauen, die ähnliche Auftritte ihres Chefs schon kannten, an jenen Tag erinnern konnten, war es kurz nach drei, als K. »mit einer Fahne und einem peinlichen Knutschfleck am Hals hereingeschneit« sei. Eine Woche nach K.s vorerst letzter Vernehmung erschien in einer der beiden Lokalzeitungen ein Bericht, in dem über das Verhältnis des Friseurs mit der Frau des Kämmerers spekuliert wurde. Jagoda hatte auch diesen Artikel kopiert und beigelegt, da er K. für einen bösartigen Lügner hielt, den die Polizei aus Gründen, die ihm vollkommen schleierhaft seien, mit Samthandschuhen anfasse und letztendlich laufen gelassen habe.

Nach und nach bröckelte die Glaubwürdigkeit der Zeugin, da sich an jenem Nachmittag viele auswärtige Familien mit Kindern auf oder entlang der Prälat-Kremer-Straße aufgehalten und einige von ihnen Autofahrer nach dem Weg zum Schwimmbad gefragt hatten. Trotz angestrengten Nachdenkens gelang es der Zeugin nicht, eine einigermaßen brauchbare Beschreibung des Mädchens zu geben, abgesehen von der angeblich dunklen Haarfarbe. Vielleicht war sie nicht einmal dunkelhaarig. In meinen zwölf Jahren bei der Vermisstenstelle im Dezernat 11 lernte ich geduldig und nachsichtig zu sein, wenn jemand seinen nächsten oder am meisten geliebten Menschen, der verschwunden war, beschrieb und sich bald herausstellte, dass dieser ganz anders aussah, anders redete und dachte, anders empfand als der, für den man ihn in seiner Umgebung hielt. Leicht gesagt. Bei der Suche nach einem zehnjährigen Mädchen schöpften wir unsere Zuversicht aus jeder plausibel klingenden Zeugenaussage. Und wir waren alles andere als geduldig und nachsichtig, wenn wir wieder einmal nur Zeit verloren hatten. Die Zeit war unser Todfeind bei jeder Vermissung.

Einige Medien also ließen einen Verdächtigen nicht mehr aus ihren Fängen, den meine Kollegen schon längst nicht mehr für verdächtig hielten und nur eine kurze Zeit lang – zu Recht, wie sich zeigte – für einen verlogenen Zeugen gehalten hatten. Doch weil kein neuer Verdächtiger auftauchte, geriet K. weiter unter den Druck der öffentlichen Meinung, was dazu führte, dass er sein Geschäft zusperrte und abtauchte. Angeblich, so las ich in Jagodas Akten, sei er nach Aufenthalten in München und anderen Städten mittlerweile nach Taging zurückgekehrt, verlasse seine Wohnung aber nur noch bei Nacht. Obendrein sei er pleite.

Ich war mit Nikolaus Krapp in die Volksschule gegangen,

er war ein schmaler, bleichgesichtiger Junge, der die kürzesten Haare in der Klasse hatte, und wir hatten alle sehr kurze Haare. Wir waren nie Freunde, aber ich glaubte mich zu erinnern, dass Martin und er oft gemeinsam mit Pfeil und Bogen auf die Jagd gingen, wonach, hatte ich vergessen.

Am Ende seines Ordners hatte Jagoda Klarsichthüllen mit fünf Zeichnungen seiner Tochter eingeheftet. Als ich sie im Schwimmbadrestaurant betrachtete, fand ich sie interessant und lebendig. Wolken im Sturm, falls ich das Motiv richtig erkannte, Männer, die ihre Hüte festhielten, Frauen mit hochgeschlagenen Röcken, rennende Kinder, fliegende Kühe und andere, weniger eindeutige Tiere. Auf einem Bild war nur ein Mann zu sehen, der neben einem großen schwarzen Haus stand, reglos, wie mir schien, statisch wie das Gebäude. Sein Gesicht bestand aus schwarzen kleinen Augen, einer schwarzen Strichnase und einem schwarzen Strichmund. Er trug einen bodenlangen schwarzen Umhang, unter dem seine Schultern ausladend wirkten, viel zu breit und wuchtig für den unscheinbaren Kopf. Arme und Beine waren nicht zu sehen.

Doch erst als ich eine Stunde lang über den asphaltierten Parkplatz oberhalb des Bootsverleihs schlenderte, den Ordner im Arm, begleitet von vier Kindern, die von irgendwoher aufgetaucht waren, erinnerte mich die Gestalt an jemanden, und Ich wusste nicht, wieso. Plötzlich musste ich an den über den geöffneten Müllcontainer gebeugten Mann auf dem Friedhof denken, an seinen

Mantel, der weit an ihm herunterhing, an etwas Dunkles, das er ausstrahlte. Ich wollte Severin Jagoda unbedingt fragen, ob er wusste, wen seine Tochter mit der Zeichnung gemeint hatte.

Das Bild des Mannes am Container ging mir nicht mehr aus dem Kopf.

3

Die Kinder wichen nicht von meiner Seite. Es waren drei Mädchen und ein Junge, der stumm blieb, während seine Begleiterinnen unaufhörlich redeten und mir gelegentlich wie nebenbei oder aus Versehen Fragen stellten. Ob ich etwas suchen würde, und wenn ja, was, ob ich aus Taging sei, wieso ich so eine komische, an den Seiten geschnürte Lederhose tragen würde, ob ich nicht mal zum Friseur gehen und mich ordentlich rasieren könne, was der blaue Stein, den ich an der Halskette trug, zu bedeuten habe, warum ich die dicke Mappe mit mir herumschleppte, ob ich bei der Hitze in der Lederjacke nicht schwitzen und wie ich heißen würde.

»Das ist aber ein komischer Name«, sagte eines der Mädchen, das das Wort komisch schon mehrmals benutzt hatte.

Ich schwieg und schaute mich weiter um.

»Sprechen Sie immer so wenig?«, fragte ein anderes Mädchen.

»Ja«, sagte ich.

»Ich auch«, sagte der Junge plötzlich und sah mich einen Moment lang aus schmalen Augen und mit schiefem Mund an.

»Dich hat gar keiner gefragt«, sagte ein Mädchen.

Dann ereiferten sie sich über einen Geburtstag, zu dem sie neulich eingeladen waren und auf dem die Erwachsenen anscheinend ständig ekelhaftes Bier getrunken hatten. Mittlerweile hatte ich begriffen, dass die Mädchen den Jungen nicht kannten und auch nicht kennen lernen wollten, was ihm aber nichts auszumachen schien. Er kreiste um sie und mich herum, die Hände in zwei der zahlreichen Taschen seiner Dreiviertelhose, schob den Unterkiefer hin und her und grinste manchmal, wenn eines der Mädchen rechthaberisch laut redete.

Und ich drehte eine Runde nach der anderen, stellte mir vor, wie Esther auf der Bank am Uferweg, die ich von einer bestimmten Stelle des Parkplatzes aus gut sehen konnte, saß und wartete, neben sich die Tasche mit ihrem Badezeug, und dann ihr Handy hervorholte. Sommerliche Wochenendstimmung. Hunde bellen, auf dem See schreien Ruderbootfahrer vor Vergnügen, es riecht nach Holz und Blüten und den eigentümlichen Ausdünstungen des Wassers, Eltern halten das Spiel ihrer Kinder mit einer Videokamera fest, Paare knipsen sich gegenseitig. Meinen Kollegen war es gelungen, einhundertzweiunddreißig Fotos und Dias sicherzustellen, die Besucher an jenem Nachmittag rund um den Bootsverleih aufgenommen hatten, dazu fünf Videos und einen Superachtfilm. Die Auswertung des Materials erbrachte keinen Hinweis.

Es war, als sei das Mädchen nach dem Verlassen ihres Elternhauses unsichtbar geworden.

»Wieso starren Sie dauernd zum See runter?«, fragte eines der Mädchen.

Ich sagte: »Habt ihr die Anna Jagoda gekannt?«

»Wen?«, sagten zwei Mädchen gleichzeitig.

»Das Mädchen, das vor einem Jahr verschwunden ist.«

»Das ist schon komisch, dass die einfach so verschwunden ist«, sagte das dritte Mädchen.
»Wie heißt du?«, fragte ich.
»Sue, Herr Süden. Und das ist Nele, und das ist Maria, und den da kennen wir nicht. Wieso läufst du uns dauernd hinterher, du?«
Verlegen schaute der Junge zu Boden und vergrub die Hände noch tiefer in den Hosentaschen.
»Hast du die Anna gekannt, Sue?«, sagte ich.
»Wir sind nicht von hier«, sagte sie. »Wir sind aus Dietramszell, kennen Sie das, Herr Süden?«
»Vom Durchfahren.«
»Ich bin da auch schon da durchgefahren«, sagte der Junge zum Asphalt.
»Na und?«, sagte eines der Mädchen, Maria oder Nele.
»Bist du aus Taging?«, fragte ich den Jungen.
Nach einer Weile nickte er.
»Bist du ein Freund von der Anna?«, fragte mich Sue.
»Nein, ich bin Polizist.«
Mit einer synchronen Kopfbewegung sahen mich die drei Mädchen an, sogar der Junge hob neugierig die Brauen.
»Sie haben viel zu lange Haare für einen Polizisten«, meinte Nele oder Maria.
»Ich glaub auch nicht, dass Sie Polizist sind, Herr Süden«, sagte Sue.
»Stimmt aber«, sagte ich.
»Haben Sie einen Ausweis?«, sagte Sue.
»Warum glaubst du mir nicht?«
»Weil halt ...«, sagte Sue, blickte Hilfe suchend ihre

Freundinnen an, die sich jedoch gerade genierten und den Kopf krampfhaft gesenkt hielten.
»Ich arbeite auf der Vermisstenstelle«, sagte ich.
»Sind Sie bei der Soko?«, sagte der Junge abrupt und warf mir einen scheuen Blick zu.
»Nein, ich bin nicht einmal für den Fall zuständig, Annas Vater hat mich gebeten, die Akten zu lesen.« Ich deutete auf den Ordner.
»Warum?«, sagte Sue. »Wenn Sie gar nicht zuständig sind.«
»Habt ihr eigentlich sonst nichts vor?«, sagte ich.
»Sie haben uns immer noch nicht Ihren Ausweis gezeigt«, sagte Sue.
Ich schätzte die Mädchen auf etwa acht, den Jungen auf neun oder zehn Jahre.
»Keine Lust«, sagte ich.
Sues Gesichtsausdruck verwandelte sich in die perfekte Kopie einer strafenden Lehrerinnenmiene. »So gehts aber nicht, Herr Süden! Sie müssen uns Ihren Ausweis zeigen, das ist Vorschrift!«
»Glaube ich nicht«, sagte ich.
»Doch, ganz bestimmt!«
»Nein«, sagte ich.
»Sie sind gar kein richtiger Polizist«, sagte Sue und wartete, dass ihre Freundinnen ihr zustimmten. Aber diese kratzten sich mit ihren Flipflops an den Waden und schienen zu überlegen, wie sie möglichst unauffällig wegkamen. »Und das sag ich gleich meinen Eltern.«
»Mach das nicht«, sagte ich.

»Warum nicht?« Sie setzte ein siegessicheres Gesicht auf.
»Weil deine Eltern sich dann unnötig den Kopf darüber zerbrechen, mit welchem fremden, komischen Mann du gesprochen hast.«
»Dann zeigen Sie uns Ihren Ausweis, Herr Süden«, sagte Sue und verschränkte trotzig die Arme.
»Keine Lust«, wiederholte ich.
Da ich schwieg, trauten sich die Mädchen nicht zu protestieren.
Dann sagte Nele oder Maria: »Komm, Sue, wir müssen los, unsere Eltern warten auf uns.«
Sie hatten sich schon einige Schritte entfernt, da drehte Sue sich noch einmal um: »Ich hab mir genau gemerkt, wie Sie aussehen, Herr Süden, ich kann Sie genau beschreiben, und dann müssen Sie ins Gefängnis.«
»Ja«, sagte ich und merkte, dass der Junge mich die ganze Zeit anschaute. »Wie heißt du eigentlich?«
»Peter. Ich glaub Ihnen, dass Sie Polizist sind.«
»Warum?«, sagte ich.
»Weiß nicht.« Er kratzte sich in der Hosentasche am Bein.
»Ich war mit Anna in einer Klasse, sie war immer ganz still. So wie Sie.«
»Und wie du«, sagte ich.
Er grinste und schaute weg.
»Hast du sie gut gekannt?«, sagte ich.
Er schüttelte den Kopf.
»Erinnerst du dich an etwas, was sie gesagt oder getan hat, kurz bevor sie verschwunden ist, Peter?«

Er überlegte, schüttelte den Kopf, sah mich kurz an und kratzte sich wieder.
»Sie hat gern gezeichnet, die Anna«, sagte ich.
Er nickte.
Ich klappte den Ordner auf und zog das Bild mit dem schwarzen Mann aus der Klarsichthülle. »Hast du eine Ahnung, wer das sein könnte?«
Lang und still sah sich Peter das Foto an, bevor er die Augen zusammenkniff und den Mund verzog. »Ich glaub, sie hat Angst gehabt, bevor sie verschwunden ist. Aber sie hat nicht drüber geredet.«
»Wie kommst du darauf, dass sie Angst gehabt hat?«, sagte ich.
»Sie hat nur noch alles schwarz gemalt, so wie hier, alles schwarz, wie in einem Horrorfilm.«
»Hast du sie mal gefragt?«
Jetzt kratzte er sich mit beiden Händen in den Hosentaschen. »Ja«, sagte er. Und fügte mit einem Rucken der Schulter hinzu: »Sie hat mich weggestoßen, brutal weg, als hätt ich ihr was getan. Ich hab sie nie wieder gefragt.«
»Wussten die anderen Kinder oder die Lehrer, dass Anna Angst gehabt hat?«, sagte ich.
»Die wissen null«, sagte Peter. »Sie hat sogar eine Eins gekriegt für das schwarze Gekritzel, das ist doch ungerecht!«
»Du magst die schwarzen Zeichnungen nicht.«
»Ich mag auch keine Horrorfilme«, sagte er.
Dann schwiegen wir, ohne uns von der Stelle zu bewegen.

»Die Anna ist tot, stimmts?«, sagte Peter zum Asphalt.
»Ich weiß es nicht«, sagte ich.
Nach einem weiteren Schweigen sagte Peter: »Ich weiß, wer sie ermordet hat.«

Nichts von dem, was er mir anvertraute, stand in den Akten, weder in den subjektiv gefärbten Darstellungen Jagodas noch in den nüchternen Protokollen meiner Kollegen, wie sie von den Zeitungen wiedergegeben worden waren. Und vielleicht gehörte das, was Peter mir sagte, tatsächlich nicht in die Dokumente einer Ermittlung, zu verworren und beliebig wirkten seine Begründungen, zu durchschaubar gleichzeitig seine Motive.
Er hielt Annas Vater für den Mörder, warf ihm vor, seine Tochter in der Schule ungerecht und schlechter als andere Kinder behandelt, sie ständig unter Druck gesetzt und nie gelobt zu haben. Auch ihm, Peter, würde Jagoda im Zweifel immer die schlechtere Note geben, nur deshalb, weil er sich weniger meldete als andere, weniger auf sich aufmerksam machte, weniger redete und weniger nett war. Peter behauptete, Anna habe oft im Unterricht geweint, aber so, dass niemand es merkte, vor allem nicht ihr Vater. Sie sei nie gern in die Schule gegangen. Und die Ferien seien das Schlimmste für sie gewesen, weil sie jeden Tag zwei Stunden hätte lernen müssen, Mathematik, Heimat- und Sachkunde und Deutsch vor allem, und jede Woche habe sie ein Buch lesen müssen. Das empörte Peter am meisten: dass Jagoda seine Tochter zwang, Bücher zu lesen. Er, Peter, lese praktisch nie, nur das, was

unvermeidlich für die Schule war, allenfalls lasse er sich von seiner Mutter vor dem Schlafengehen zwei oder drei Seiten vorlesen, aber eigentlich auch nur, weil sie so viel Freude daran habe und glaube, er würde dann schöner träumen.

Ob Jagoda gegenüber Anna gewalttätig geworden sei, konnte Peter nicht bestätigen, gut behandelt habe er sie jedenfalls nicht, genauso wenig wie ihn. Jagoda sei ein gemeiner Lehrer, der sich dafür räche, wenn man ihn nicht grüßte oder ihm widersprach oder auf dem Pausenhof seine Vorschriften nicht beachtete, zum Beispiel das Spielen mit dem Gameboy nicht unterließ.

Während er in Gegenwart der Mädchen eher verdruckst gewirkt hatte, hörte er jetzt nicht mehr auf zu reden und den Kopf zu recken, als tauche im Hintergrund gerade der verhasste Lehrer auf. Mehr und mehr gerieten seine als Beweise für ein Verbrechen gedachten Anschuldigungen zu unglaubwürdigen, einer gekränkten Kinderseele entsprungenen Unterstellungen. Nach einer halben Stunde, während ich ihm zugehört und ab und zu eine Frage gestellt hatte, verabschiedete ich mich von Peter.

Die Tatsache, dass sich Severin Jagoda zum Zeitpunkt des Verschwindens seiner Tochter zu Hause aufgehalten hatte, erwähnte ich gegenüber dem Jungen absichtlich nicht. Nicht nur Jagodas Frau stützte das Alibi. Entscheidend waren zwei Telefongespräche, die der Lehrer von seinem Festnetz aus mit einem Kollegen geführt hatte, das erste kurz nachdem Anna das Haus verlassen hatte, fünf Minuten vor drei, und das zweite achtzehn Minuten nach drei, als der Kollege Unterlagen des Ministeriums herausgesucht hatte und wie angekündigt bei Jagoda anrief, um mit diesem über eine dringende Angelegenheit zu diskutieren. Das dauerte fast eine halbe Stunde, weswegen Esther bei ihrem Anruf erst einmal verschnupft reagierte, weil sie glaubte, Anna blockiere wieder stundenlang die Leitung und habe sie am See einfach vergessen.

Nichts deutete auf Jagoda als Täter hin. Wie überhaupt niemand aus dem familiären Umfeld im Verlauf der Ermittlungen Zweifel an seiner Integrität aufkommen ließ oder Widersprüche hervorrief.

Ein großer unsichtbarer Unbekannter geisterte durch das Viertausend-Einwohner-Dorf. Und auch wenn die Sonderkommission inzwischen vom ehemaligen Feuerhaus in das für örtliche Kapitalverbrechen zuständige Kreisstadtdezernat umgezogen war, wusste ich aus Erfahrung, dass die Beamten in der Taginger Polizeiinspektion weiterhin unermüdlich Zeugenaussagen und andere Informationen auswerteten und abglichen und dass vermutlich im Augenblick aus Anlass des ersten Jahrestages intensive Vorbereitungen für eine Pressekonferenz liefen, die bundesweit in die Schlagzeilen geraten würde.

»Anna seit einem Jahr verschwunden, und die Polizei steht mit leeren Händen da.« Ich sah die Überschriften schon vor mir, jeder in der Soko sah sie vor sich, und die Hinweise auf die geleisteten Fahndungsmaßnahmen würden unter einer Lawine aus aggressiven Fragen und abschätzigen Kommentaren begraben werden.

Suchhunde und Hundertschaften – bravo, und wozu? Taucher, Waldarbeiter, Wärmebildkameras und Hubschrauber – bravo, und wozu? Handzettel, Plakate, Aufrufe im Fernsehen – bravo, und wozu? Der einzige Tatverdächtige läuft immer noch frei herum! – Der Mann ist nicht tatverdächtig, das wissen Sie genau und trotzdem ... – Herr Kommissar, wieso gelingt es Ihnen nicht, die Dorfbewohner zum Sprechen zu bringen, was Sie uns da präsentieren, ist ja, bei allem Respekt, ein Witz!
Warum, fragte ich mich auf dem Rückweg vom See, beharrte Jagoda auf seiner Behauptung, die Schuld am Verschwinden seiner Tochter trage jemand aus der Gemeinde, kein Fremder, keiner, der zufällig Annas Weg kreuzte?
Und wovor fürchtete sich das kleine Mädchen mit der Meckifrisur? Denn wenn ich auch den Anschuldigungen des Jungen vom Parkplatz nicht traute, seine Beobachtungen von Annas Verhalten hielt ich für realistisch. Etwas hatte das Mädchen niedergedrückt, etwas zwang sie, nur schwarze Bilder zu malen, etwas hielt sie von ihren Mitschülern fern, etwas machte sie ausschließlich mit sich selber aus.
»Da irren Sie aber sehr!«, sagte Severin Jagoda, als ich ihm den Ordner zurückgab und ihn auf meine Überlegungen ansprach. »Anna ist kein bedrücktes Kind, sie zieht sich manchmal zurück, aber das bedeutet nichts. Darf ich Ihnen ein Bier anbieten?«

Ich trank Wasser, Jagoda ein alkoholfreies Bier, wir saßen uns am Couchtisch gegenüber, und der Ordner lag zwischen uns. Die Einrichtung des Wohnzimmers war gediegen und kleinbürgerlich, zwei Eichenschränke in unterschiedlichen Größen für Geschirr und Bücher, weiße Stores bis zum Boden, eine helle Sitzgruppe, eine Stehlampe, ein klobiger Fernseher, Perserbrücken auf dem braunen Auslegeteppich. Alles in diesem Zimmer schien seinen unveränderbaren Platz zu haben, die Pflanzen, die Zeitungen, die Obstschale, die gerahmten Fotografien, die Sessel und die Couch. Vielleicht hatten die Jagodas ihr Zuhause komplett von den Eltern übernommen. Für ein Ehepaar, bei dem der Mann sechsundvierzig und die Frau einundvierzig war, wirkte das Zimmer altbacken und verstaubt, obwohl ich nirgends auch nur den geringsten Staub entdecken konnte. Und kaum war ich in den Sessel gesunken, hatte ich den Eindruck, ich käme nie wieder hoch.

»Was sagen Sie?«

Einen Moment dachte ich, Jagoda beziehe sich auf meinen Eindruck von der Wohnung.

»Sie haben Recht«, sagte ich. »Es ist eine unvorstellbare Tragödie.«

Er beugte sich vor. Zur grauen Cordhose trug er ein dunkelblaues Hemd und eine unauffällige dunkelrote Krawatte. Er legte die Hände gefaltet auf den Tisch, und ich bemerkte seine unregelmäßig geschnittenen Fingernägel. Er sah noch bleicher und müder aus als am Morgen, seine knochigen Wangen waren übersät von Stoppeln, seine

Augen rot unterlaufen. Offensichtlich hatte er sich nicht rasiert und möglicherweise auch nicht geduscht – seine Haare klebten ihm am Kopf –, und er verbreitete einen unangenehmen Duft nach billigem Aftershave.
»Woher wollen Sie wissen, wie es meiner Tochter ergangen ist?«, sagte er, den Blick starr auf mich gerichtet, als müsse er sich zwingen, die Augen offen zu halten.
»Ich habe mit einem Jungen aus ihrer Klasse gesprochen«, sagte ich.
»Mit welchem?«
»Er sagt, Anna hatte Angst.«
»Wie heißt der Junge?«, fragte Jagoda und streckte den Rücken.
»Ich möchte den Namen nicht nennen.«
»Warum denn nicht?«
»Ich bin nicht in der Sonderkommission, Sie müssen meinen Kollegen vertrauen, Herr Jagoda.«
»Ich vertrau ihnen nicht«, sagte er. Immer noch hatte er die Augen weit aufgerissen, und er presste die gefalteten Hände aneinander.
Ich schwieg.
Dann seufzte Jagoda laut, ließ die Hände in den Schoß sinken, lehnte sich zurück und schloss die Augen, mindestens eine halbe Minute lang. »Kann sein, dass sie etwas verheimlicht hat«, sagte er und bemühte sich wieder aufrecht zu sitzen. Ungelenk ruckte er ein paar Mal vor und zurück. »Ich hab sie zur Rede gestellt, sie hat mir nichts gesagt. Sie kann störrisch sein. Das duld ich nicht, bei keinem meiner Schüler. Ihrer Mutter hat sie auch nichts ver-

raten, und die beiden sind wirklich enge Freundinnen, sie lieben sich sehr. Sehr. Übrigens soll ich Ihnen von meiner Frau ausrichten, sie bitte Sie um Entschuldigung, aber sie sei nicht angezogen und sie ... Ich hab Ihnen erzählt, sie liegt im Bett ... in Annas Zimmer ... Angst. Was für ein Wort! Dieser Junge ... Ich will gar nicht wissen, wer das ist. Die haben alle Probleme damit, wenn jemand ihnen was verbietet oder ihnen was von der Notwendigkeit der Schule fürs Leben erzählt ... Angst. Anna war ein heiteres Mädchen, kein ängstliches ... Jetzt rede ich schon im Imperfekt, mein Gott ...«

Nach einem Moment des Innehaltens schnellte er in die Höhe. »Ich hol mir noch so ein Bier. Wollen Sie wirklich keins?«

»Nein«, sagte ich. »Hat Anna noch mehr schwarze Bilder gemalt?«

»Die restlichen hat sie weggeschmissen«, sagte Jagoda an der Tür zum Flur. »Es gibt nur noch das eine.«

Ich sagte: »Wer könnte dieser Mann sein?«

»Das haben mich Ihre Kollegen tausendmal gefragt! Irgendwer! Das Bild ist noch nicht fertig.« Seine Stimme wurde lauter, schneidender. »Haben Sie das nicht bemerkt?«

Von einer plötzlichen Wut angestachelt, stellte er die leere Bierflasche, die er vom Tisch mitgenommen hatte, auf den niedrigen Schuhschrank im Flur und kam ins Wohnzimmer zurück. »Ein Jahr ist jetzt vorbei! Und niemand weiß was! Und Sie fragen mich, wer diese verdammte Figur auf dem unfertigen Bild ist! Was weiß denn ich? Niemand weiß das, nur Anna! Aber die finden sie ja nicht! Die ist vom Erdboden verschwunden! Angst! Was denn für eine Angst, Herr Süden! Wer sagt denn so was! Was ist das für ein verdammter Schüler, der so was über meine Tochter sagt? Ich krieg das raus, das schwör ich Ihnen! Und dann ist er fällig! Ich hab gedacht, Sie können mir helfen. Aber Sie reden genauso wie Ihre Kollegen. Sie wissen nichts und beschmutzen meine Tochter mit Gemeinheiten. Besser, Sie gehen! Gehen Sie! Gehen Sie bitte!«

Ich stand auf und ging an ihm vorbei und roch sein Rasierwasser und seinen Schweiß und öffnete die Wohnungstür.

»Sie müssen mich verstehen«, sagte Jagoda mit gedämpfter Stimme. »Sie können sich gar nicht vorstellen, wie dunkel es in dieser Wohnung geworden ist.«

Als ich die Tür hinter mir zuzog, hörte ich ihn sagen: »Noch viel dunkler als in einem Grab.«

Unverändert schien die Sonne am verschwenderisch blauen Himmel.

4

»Sie haben Besuch«, sagte Irmi. »Sitzt auf der Terrasse.«
Bevor sie weiter mit der Hand Brösel von einem der Tische fegte, richtete sie sich noch einmal auf, sah sich um, als müsse sie erst sicherstellen, dass niemand zuhörte, und winkte mich mit dem Zeigefinger zu sich. Außer uns befand sich niemand in der Gaststube.
»Zweihundert sind mindestens da gewesen«, sagte die Bedienung mit leiser Stimme. »Und alle haben genauso viel geschwitzt wie geschneuzt, er war halt schon eine Beliebtheit, unser Pfarrer.«
An die Beerdigung hatte ich nicht mehr gedacht.
»Und sein Nachfolger, Ferenz ...«, sagte Irmi und machte eine Pause und schien in Bewunderung zu versinken. »Eine Predigt hat der hingelegt, das hören Sie selten bei einer Beerdigung! Dass einer so Sachen sagt, ein ehrliches Mitgefühl hat der, dem glauben Sie das, dass er einen Freund verloren hat, einen Bruder. Wir sind alle sehr gerührt gewesen, er hat fast selber geweint, der Herr Ferenz. Ich bin erst vor einer Stunde zurückgekommen, in der ›Post‹ haben sie das große Hinterzimmer für die Trauergemeinde zur Verfügung gestellt, hundertzwanzig Plätze mindestens. Und die Familie Eberharter hat alles bezahlt. Zu Ehren des Herrn Pfarrer. Manche haben ganz schön reingehauen beim Essen, so, als würden sie zu Haus nichts kriegen. Ich hab nur eine Suppe gegessen und zwei Bier getrunken. Und einen Obstler, nein, zwei

53

Obstler. Niemand kann verstehen, warum er das getan hat, der Herr Pfarrer. Haben Sie da eine Erklärung, Herr Süden? Sie sind doch vom Fach.«

»Ich bin kein Selbstmordspezialist«, sagte ich.

»So hab ich das nicht gemeint«, sagte Irmi irritiert. Ihre weiße Bedienungsschürze hatte sie über ihr schwarzes Trauerkleid gebunden, und sie roch nach Weihrauch und ein wenig nach Wirtshaus.

»Er soll seelische Probleme gehabt haben«, sagte ich, um sie nicht zu verunsichern.

»Deswegen hängt man sich doch nicht an einen Baum!« Für eine Sekunde wirkte Irmi persönlich beleidigt durch die Tat des Pfarrers. »Es heißt, er hat eine heimliche Freundin gehabt, und die hätt ihn verlassen. Und deswegen hat er getrunken und sich gehen lassen. Ich glaub das nicht. Ich glaub, dass er krank war. Wenn man schwer krank ist und keinen Ausweg mehr sieht, dann macht man manchmal so was. Das ist sogar verständlich, oder?«

»Ja«, sagte ich. »War er krank?«

»Angeblich. Jeder erzählt was anderes. Dass er getrunken hat, und zwar harte Sachen, das war wohl so. Ich hab das nicht gemerkt, im Gottesdienst war er immer konzentriert und freundlich. Das können Sie nicht wissen, Herr Süden, aber Pfarrer Wild war immer nett, hat viel gelächelt und Zeit gehabt für die Nöte seiner Schäfchen. Die Kinder haben ihn besonders gemocht, er hat sie musizieren und auf der Wiese beim Pfarrhof spielen lassen, und er hat immer einen Trost parat gehabt. Auch wenn es ganz schlimm war, wie bei der Familie Jagoda. Angeblich ist die Frau Jagoda jeden Morgen zu ihm ins Pfarrhaus gekommen und hat mit ihm gebetet, und er hat ihr Kraft gegeben. Warum sich so ein Mensch aufhängt, das kann man nicht verstehen. Ihr Besuch wartet, Herr Süden. Wollen Sie was trinken?«

»Was trinkt mein Besuch?«, sagte ich.

»Bier.«

»Dann nehme ich auch eins.«

»Ich brings Ihnen gleich raus«, sagte Irmi.

Auf dem Stuhl, auf dem ich gestern gesessen hatte, fläzte sich ein Mann in einem braunen, fusseligen Rollkragenpullover und rauchte. Sein Glas war fast leer, und er hatte einen Bierdeckel darauf gelegt. Die wenigen dünnen Haare klebten, wie zu einem Nest geformt, auf seinem von Schweißtropfen glänzenden Kopf. Über die Stuhllehne hatte er eine graue Filzjacke gehängt. Die filterlose Zigarette, an der er zog, ohne sie in die Hand zu nehmen, hing in seinem Mundwinkel. Aus halb geöffneten Augen stierte er vor sich hin, bewegungslos. Nur das Aufglimmen der Glut ließ darauf schließen, dass er überhaupt atmete.

Ich zog meine Lederjacke aus, hängte sie über die Lehne des zweiten Stuhls und setzte mich. Wir saßen nebeneinander, da Irmi oder jemand anderes die Stühle entlang der Wand in den Schatten gestellt hatte. Wir waren die einzigen Gäste. Auf der schmalen Straße hinter der Hecke fuhr gelegentlich ein Auto vorbei, und von der Wiese, die ich vom Fenster meines Zimmers aus in ihrer ganzen

Breite überblicken konnte, hörten wir die Glocken der Kühe. Es war kurz vor sechs und immer noch heiß.
»Zum Wohl!«, sagte Irmi und stellte zwei Biergläser auf den Tisch vor uns. »Ich hab Ihnen auch gleich ein frisches mitgebracht, Herr Heuer, ists recht?«
»Unbedingt«, sagte ich, weil ich nicht wollte, dass Martin beim Sprechen seine Fluppe verlor.
Kaum war Irmi gegangen, drückte er die Zigarette im Aschenbecher aus und hob sein Glas. »Möge es nützen!«, sagte er, und wir stießen an.
»Möge es nützen!«, sagte ich und trank.
Dann lehnten wir uns zurück. Martin zündete sich eine neue Zigarette an, und ich schloss die Augen.
Eine halbe Stunde und ein weiteres Bier lang sprachen wir kein Wort, verzichteten sogar auf unseren Trinkspruch, stießen nur mit den Gläsern an.
Ich wusste nicht, warum mein ältester Freund und Kollege Martin Heuer nach Taging gekommen war. Aber ich freute mich darüber.
Ich freute mich, denn die vergangenen Monate herrschte vor allem Ferne zwischen uns. Wir begegneten uns im Dienst, wir tauschten Informationen aus und führten Befragungen durch, tippten Protokolle, arbeiteten alte Vermissungen ab. Und wenn er morgens nicht im Dezernat erschien, wusste ich, warum. Und ich hatte aufgehört, mich zu sorgen. Natürlich hatte ich nicht damit aufgehört, ich redete es mir nur ein, und ich hörte nicht auf, es mir einzureden. Durch die Exzesse seiner Aushäusigkeit hatte Martin mich in die entwürdigendste, groteskeste

Situation meines Berufslebens gebracht, und ich bekam noch immer seelische Klaustrophobie, wenn ich an jenen Moment im Vernehmungsraum dachte, als ich aufsprang und ihn niederschlug. Ein paar Mal, vielleicht auch nur einmal, hatten wir später versucht, darüber zu sprechen. Auch Sonja Feyerabend, meine Freundin und unser beider Kollegin, bot ihm ihre Hilfe an. Aber es blieb bei unvollständigen, gestammelten, letztlich nutzlosen Gesprächen. Und niemand hatte mehr als ich begriffen, dass Martins nächtliche Reisen in die gläsernen, für Außenstehende uneinnehmbaren Festungen der Trinker und durch die Bars der von den Göttern der Schönheit und Versöhnung verstoßenen Frauen niemals zu Ende gehen würden, solange er nicht von sich aus den Aufbruch verweigerte oder zumindest die Unterstützung professioneller Heiler in Anspruch nahm. Und trotzdem blieb er mein ältester Freund. Trotzdem flossen unsere Leben seit jeher ineinander. Er war es gewesen, der mich überredet hatte, zur Polizei zu gehen. Und ich war es, der ihn in den gehobenen Dienst, zur Kriminalpolizei, mitschleifte. Gemeinsam entwickelten wir uns zu einem besonderen Team innerhalb der Vermisstenstelle, und an vielen Fällen, deren erfolgreiche Aufklärung im Dezernat oder in der Presse mir zugeschrieben wurde, wäre ich ohne ihn bestimmt gescheitert. Er brachte mir Glück und versorgte mich mit Zuversicht, so wie ich sein Unglück heraufziehen sehen musste und das Erlöschen seines Gesichts. Wenn ich ihn begleiten wollte – vielleicht, um ihn im letzten Moment vor einer neuen Dunkelheit zu bewahren, dem Bestellen

des zwölften Drinks, dem Öffnen der zwölften Tür, vielleicht, um mir etwas einzureden, das mich besänftigte -, nahm er mich heiter mit, stellte mich seinen Leuten vor, die er so wenig kannte wie ich, nur vom Anstoßen und vom Geschwätz, bezahlte für mich und verbrannte mein kümmerliches Bündel Hoffnung spätestens mit dem Streichholz seiner zwölften Salemohne. Immer häufiger trennten wir uns dann vor irgendeiner Tür, nach einem hastig hinuntergekippten letzten Getränk, und er verschwand, und ich blieb zurück wie ein gestrauchelter Heilsarmist, der, blöde vor Selbstüberschätzung, seine Stimmbänder an einem Tresen verpfändet hatte.
Manchmal, so bildete ich mir ein, hörte er mir am besten zu, wenn wir schwiegen, lange, nebeneinander, einträchtig und in derselben Tonart.
»Ich hab hier im ›Koglhof‹ angerufen«, sagte Martin und blies ein Streichholz aus. »Sie haben mir gesagt, du bist noch da und bleibst eine zweite Nacht. Warum?«
Ich sagte: »Ich habe Urlaub.«
»Ich dacht schon, es wär wegen der kleinen Anna Jagoda. Die Soko und die Taginger Kollegen haben heute über INPOL eine neue Erklärung verschickt, wegen des ersten Jahrestags. Die stehen übel unter Druck.«
»Ich habe mit dem Vater gesprochen«, sagte ich.
»Steigst du in den Fall ein?«, sagte Martin und wandte mir zum ersten Mal sein Gesicht zu. Sofort hatte ich den Eindruck, dass es grauer und schmaler geworden war, noch grauer, noch schmaler.
»Ich glaube nicht«, sagte ich.

»Den Satz hab ich von dir noch nie gehört. Ja oder nein?«
»Wir sind nicht zuständig.«
Martin rauchte, trank sein Glas leer, behielt es mit der Zigarette in der Hand. »Dann misch dich nicht ein.«
»Das Mädchen hat einen schwarzen Mann gezeichnet«, sagte ich. »Und es hatte Angst. Aber das interessiert ihren Vater nicht.«
»Und ihre Mutter?«, sagte Martin.
»Ich habe nicht mit ihr gesprochen.«
Wir schwiegen.
»Besuchst du deine Eltern?«, sagte ich dann.
»Morgen früh.«
Er klopfte mit dem leeren Glas ans Fenster hinter sich. »Alles in Ordnung auf dem Friedhof?«
»Ja«, sagte ich. »Jemand hat Rosen hingestellt und eine Kerze angezündet.«
Martin wischte sich mit beiden Händen den Schweiß aus dem Gesicht und hustete und klopfte sich auf die Oberschenkel. »Vielleicht dein Vater«, sagte er und grinste.
Über diese Bemerkung erschrak ich maßlos.

Vielleicht hätte mich mein Schrecken auf den Friedhof getrieben, damit ich nachsehen konnte, ob der Mann im weiten Mantel wieder am Container stand, hätte Irmi nicht zwei uniformierte Polizisten auf die Terrasse geführt und mit der Hand auf Martin und mich gezeigt.
»Herr Süden rechts, Herr Heuer links«, sagte sie gestelzt.
»Grüß Gott, Kollegen«, sagte der Ältere der beiden. »Hofe-

rer, Xaver, von der PI Taging, das ist mein Kollege Pulk, Hannes. Entschuldigt die Störung, Kollegen!«
Wir standen auf und gaben ihnen die Hand. Pulk zupfte sich an der Augenbraue und musterte Martin, der leicht wankte, mit einer Mischung aus Verwunderung und Abschätzigkeit. Den Sternen auf ihren Schulterklappen nach war Hoferer Polizeihauptmeister und Pulk Obermeister. Vorschriftsgemäß trugen sie ihre Mützen, was ihnen, wie ich fand, ein kostümiertes Aussehen verlieh.
»Unangenehme Sache, Kollege Süden«, sagte Hoferer.
»Nehmt doch Platz!«, sagte Martin mit munterer Stimme. Pulks Blicke waren ihm nicht entgangen.
»Nicht nötig«, sagte Pulk.
»Die Sache ist: Waren Sie heut unten am See und haben mit einem kleinen Mädchen gesprochen?«, sagte Hoferer.
»Ja«, sagte ich.
»Dann ist alles in Ordnung«, sagte Hoferer, in dessen Schnurrbart Schweißtropfen hingen.
»War das Mädchen allein?«, fragte Pulk.
Beinah hätte ich über diese eifernde Frage gelacht.
»Nein«, sagte ich. »Sie und ihre Freundinnen sind aus Dietramszell. Wie haben Sie mich hier gefunden, Kollegen?«
»Sache ist erledigt«, sagte Hoferer und tippte an seine Mütze. »Die Mutter des Mädchens und ihr Vater sind mit ihrer Tochter zu uns auf die Dienststelle gekommen, ein unbekannter Mann habe das Mädchen angesprochen, genau da, wo die Anna verschwunden ist. Die waren halt etwas aufgeregt. Das Mädchen hat eine blitzsaubere

Beschreibung von Ihnen geben können, Kollege. Die Mähne, also die langen Haare, das war die Formulierung des Mädchens, entschuldigen Sie, also die Haare, das Gesicht, Bartstoppeln etcetera, die geschnürte Hose, Hemd, Lederjacke. Stimmt alles genau.«
»Sauber«, sagte Martin und setzte eine beeindruckte Miene auf.
»Genau«, sagte Pulk. »Wieso haben Sie dem Mädchen Ihren Ausweis nicht gezeigt, Kollege? Das hätten Sie doch tun können!«
»Keine Lust«, sagte ich.
»Was?«, sagte Pulk.
»Ich hatte keine Lust meinen Ausweis zu zeigen.«
»Das ist doch ...« Nur mit Mühe gelang es Pulk, nicht weiterzusprechen.
»Das Mädchen hat dann gesagt, dass noch ein Bub dabei war, den sie am See getroffen haben«, fuhr Hoferer fort, ohne auf meine Bemerkung einzugehen. »Peter heißt der ...« Er sah seinen Kollegen an. »Und du hast ihn nach der Beschreibung erkannt.«
Pulk zupfte an der linken Augenbraue. »Genau, ungefähr, mehr eine Vermutung. Der Buck Peter. Ich hab bei ihm daheim angerufen, er hat alles bestätigt. Sie hätten mit ihm über die kleine Anna gesprochen, und da hat der Xaver die Idee gehabt, den Herrn Jagoda anzurufen, ob sich bei ihm jemand gemeldet hat, auf den die Beschreibung passt. Sie hätten ja auch ein Reporter sein können, Kollege Süden.«
»Unbedingt«, sagte ich.

»Genau«, sagte Pulk.

»Sache damit erledigt«, wiederholte Hoferer. »Ich hab Sie jetzt gleich wiedererkannt, Sie sind ja ein ziemlich prominenter Kollege, oft in der Zeitung, blitzsaubere Fahndungserfolge. Sind Sie neuerdings in den Fall involviert?«

»Nein«, sagte ich. »Wir sind nur privat hier.«

»Was Neues in dem Fall?«, sagte Martin.

Ich dachte, vielleicht sollte er demnächst seinen Rollkragenpullover wechseln, er dünstete zu viele Gasthäuser aus, mehr passten einfach nicht mehr in das Polyester.

»Noch geheim«, sagte Hoferer. »Wir sollen uns den Friseur noch mal vornehmen. Große Aktion, morgendliche Festnahme, Pressekonferenz, Verhör in der Soko. Für uns gehts nur ums Abholen. Aber wir kriegen Verstärkung, für alle Fälle. Morgen oder übermorgen. Idee von Marienfeld. Soviel wir erfahren haben, gehen die Meinungen über den Zugriff auseinander.«

Elmar Marienfeld leitete die Sonderkommission, und ich wunderte mich ein wenig, dass er nach wie vor das Vertrauen des Ministers genoss, obwohl sein Team seit einem Jahr keine konkreten Erkenntnisse vorzuweisen hatte. Gewöhnlich wechselte unser oberster Dienstherr bei erfolglosen Fahndungen, besonders wenn es sich um Kindsvermissungen handelte, den verantwortlichen Kommissar früher oder später aus.

»Der Friseur hat doch nichts damit zu tun!«, sagte Pulk und hob die Stimme. Sein Kopf zuckte. Kurioserweise sprach er trotz seiner Erregung niemanden direkt an.

Grimmig schaute er sowohl an Hoferer als auch an Martin und mir vorbei. »Dem Niko wollt von Anfang an jemand was anhängen. Der ist da mit seinem Range Rover rumgefahren, und das war alles! Er hat mit der Frau von dem Anwalt gepennt, das war sein Fehler, sonst nichts! Wenn ich den jetzt persönlich verhaften soll, kotz ich dem Marienfeld auf seinen Anzug.«
»Wir verhaften ihn nicht«, sagte Hoferer. Es war ihm anzumerken, dass er die Ausbrüche seines Kollegen längst kannte, er lächelte milde und schüttelte den Kopf. »Wir besuchen ihn und laden ihn vor, als Zeugen, wieder mal. Ich kann den Marienfeld verstehen, der muss was vorweisen am Jahrestag, und ganz sauber ist die Sache nicht, das weißt du doch.«
»Der Niko ist ein Bauernopfer.« Wieder zupfte Pulk an seiner rechten Braue, dann wandte er sich zum Gehen. »Und jetzt ist Feierabend, servus, Kollegen.«
»Ist Nikolaus Krapp hier?«, sagte ich.
»Zwei Kollegen aus der Soko observieren ihn seit einer Woche«, sagte Hoferer. »Er ist praktisch jede Nacht bei der Sissi, der gehört die Kneipe am Ortsausgang, da darf er bleiben und wird nicht blöd angemacht von den Leuten. Manche im Dorf glauben unbeirrbar, er hat was mit der Anna zu tun.«
»Das sind Arschgeigen!«, sagte Pulk und verschwand in der Gaststätte.
»Sie kennen ja wahrscheinlich die Berichte«, sagte Hoferer und lupfte die Mütze. Er hatte kaum noch Haare. »Da war absolut nichts. Keine Spuren von Anna weit und

63

breit. Wir haben das Auto drei Mal auseinander genommen, blitzsauber alles. Die Aussage der Zeugin war halt spektakulär, leider nicht stichhaltig auf die Dauer. Ihr seid erfahrene Vermisstenfahnder, Kollegen, was denkt ihr über die Sache? Jemand hat das Mädchen mitgenommen und getötet, oder gibts eine andere Möglichkeit?«
»Der Vater hat mir Unterlagen zu lesen gegeben, die er gesammelt hat«, sagte ich. »Demnach können wir einen Unfall ausschließen.«
»Die Akten kenn ich, ich hab sie auch schon in der Hand gehabt, der Vater hält sich daran fest, das ist verständlich. Anfangs hat der Marienfeld allen Ernstes auch den Jagoda im Visier gehabt, er ist observiert worden, haben Sie das gewusst?«
»Natürlich nicht«, sagte ich.
»Mit welchem Recht wurde er observiert?«, sagte Martin.
»Fragen Sie den Kollegen Marienfeld. Lang hält sich der nicht mehr, die Zeitungsartikel am Montag möcht ich gar nicht lesen. Schlimme Sache, seien Sie froh, dass Sie nichts damit zu tun haben! Ich muss los. Entschuldigen Sie die Störung, Kollegen! Eltern sind halt schnell beunruhigt in so Zeiten, kann man ihnen nicht verdenken.«
»Nein«, sagte ich.
Xaver Hoferer ging, und wir setzten uns wieder. Kurz darauf kam Irmi auf die Terrasse.
»Haben Sie falsch geparkt?«, sagte sie.
»Nein«, sagte ich. »Wir nehmen noch zwei Helle, bitte.«
»Wollen Sie was essen?«
»Ja«, sagte ich.

»Nein«, sagte Martin.

»Sie müssen auch was essen«, sagte Irmi. »Sie fallen ja gleich vom Fleisch.«

»Ich fall schon nicht«, sagte Martin.

Ich bestellte einen Wurstsalat.

»Wollen Sie nicht auch einen, Herr Heuer?«, sagte Irmi. »Der ist von frischen Regensburgern, mit Essiggurken drin und Tomatenstücken, schmeckt unheimlich frisch.«

»Unheimlich frisch?«, sagte Martin und zündete sich eine Salemohne an.

»Rauchen ist so ungesund«, sagte Irmi.

»Er nimmt auch einen Wurstsalat«, sagte ich.

»Das ist gescheit«, sagte Irmi. »Bloß gut, dass Sie den Herrn Süden haben, der für Sie sorgt, Herr Heuer.« Sie zwinkerte mir zu und verschwand.

»Wieso muss ich jetzt einen Wurstsalat essen?«, sagte Martin.

»Weil der unheimlich frisch schmeckt«, sagte ich.

Er rauchte und schwieg. Dann zupfte er sich Tabakkrümel von der Lippe und sagte: »Willst du mit dem Krapp reden?«

»Vielleicht«, sagte ich.

»Verstehe, und wann?«

»Heute Nacht.«

»Denk dran, dass er nicht allein ist.«

»Ich treffe ihn bei Sissi«, sagte ich. »Und du auch.«

»Wir sind nicht zuständig«, sagte Martin.

»Wir sind ganz privat und ganz zufällig in der Kneipe.«

Martin drückte die Zigarette aus.

Ich verschränkte die Arme, legte den Kopf in den Nacken und schloss die Augen.
Die Sonne ging unter und hinterließ samtene Luft.
Nach zehn Minuten brachte Irmi zwei Portionen Wurstsalat. Er sah wirklich unheimlich frisch aus.

5

Der Anblick des Tresens katapultierte mich in einen uralten Rausch, der kopfüber in meinem Gedächtnis hing wie eine lederne unsterbliche Fledermaus. Das ungebeizte, bierverklebte, zerkratzte, im Dunst gedunkelte Holz, der Geruch nach Kellerbeton und Moder, die Salzstangen in den Plastikbechern, die ausgefransten Bierdeckel, der dumpfe, lästige Klang der Verschalung, wenn man sich auf den Barhocker setzte und sofort mit den Knien dagegenstieß, die magnetische Wirkung, die der Tresen zu entfalten schien, sowie das erste Glas oder die erste Flasche darauf stand, in näherer Reichweite als der Rest der Welt zuvor, die Illusion unbedingter Geborgenheit an diesem Schutzwall gegen alles, was woanders zählte. Ich war sechzehn, als ich in dieser Kneipe am südlichen Ortsausgang von Taging ein Helles bestellte, und es war nicht Sissi, sondern Bibiana vom Finkenweg 5, die es mir brachte und sagte:

»Sehr zum Wohl, du bist der Tabor Süden, stimmt doch, oder?«

»Ja«, sagte ich.

»Du bist noch nie da gewesen, oder?«

»Stimmt«, sagte ich und war vierundvierzig oder sechzehn.

»Und du? Wie heißt du?«

»Martin.«

»Hallo, Martin.«

»Hallo«, sagte Martin.

Wir hoben die Flaschen, sahen uns kurz an und tranken.
»Danke für die Einladung«, sagte ich zu Bibiana und zu Sissi: »Kennst du den Niko?«
»Welchen Niko?«, sagte Sissi.
»Nikolaus Krapp.«
»Was wollt ihr von dem?«
»Geht ihr mit Niko in dieselbe Klasse?«, sagte Bibiana.
»Nein«, sagte ich. »Wir sind zusammen in die Volksschule gegangen«, sagte ich zu Sissi. »Er ist dann auf die Realschule und wir sind aufs Gymnasium, aber wir haben trotzdem in derselben Mannschaft Fußball gespielt.«
»Ach so.«
»Das weiß ich«, sagte Bibiana, *»du bist Torwart und Martin ist Verteidiger.«*
»Bring uns noch zwei!«, sagte Martin.
»Klar«, sagte Sissi.
Martin zündete sich eine Zigarette an. »Wie war das?« Er schaute über meine Schulter zur Tür, durch die ein neuer Gast hereinkam. »Niko war vor dir mit Bibiana zusammen.«
»Nein«, sagte ich. »Mit Evelin, ihrer Schwester. Ich habe Bibiana auf dem Geburtstag ihrer Schwester kennen gelernt, unsere ganze Mannschaft war eingeladen.«
»Weiß ich nicht mehr«, sagte Martin.
Sissi stellte die grünen Flaschen auf den Tresen. »Du bist doch zur Polizei gegangen, oder?«, fragte sie mich.
»Ja«, sagte ich.
»Hast du was mit der Anna zu tun?«
»Nein«, sagte ich. »Ich möchte nicht dienstlich mit Niko

reden. Wir haben bei ihm geklingelt, aber er war nicht da, also haben wir ein paar Lokale abgeklappert. Für den Fall Anna sind wir beide nicht zuständig.«
»Du bist auch bei der Polizei«, sagte Sissi zu Martin.
Er nickte und trank.
Ich schätzte Sissi auf Ende dreißig und konnte mich nicht erinnern, ihr früher einmal begegnet zu sein. Sie war eine kräftige Frau mit wuchernden dunkelblonden Haaren, die sie mit kleinen Kämmen zu bändigen versuchte. Sie hatte die Ärmel ihrer weißen Bluse hochgekrempelt und trug eine schwarze Taucheruhr am rechten Handgelenk. Ihr Blick wechselte ständig zwischen Distanziertheit und Neugier. Kaum lächelte sie, schon verschlossen sich ihre Lippen wieder, und ihr leicht gebräuntes rundes Gesicht wirkte seltsam abweisend, fast aggressiv. Seit sie wusste, dass wir von der Polizei waren, beobachtete sie uns misstrauisch und verkrampft.
»Meine Mutter ist in Taging beerdigt«, sagte ich. »Sie wäre gestern siebzig geworden, deswegen bin ich hier. Martins Eltern leben beide noch. Heuer.«
»Wie heuer?«, sagte Sissi mürrisch.
»So heißen sie, Heuer.«
»Kenn ich nicht«, sagte Sissi. Ein Gast am Fenster winkte ihr, und sie wandte sich ab.
Martin und ich tranken wortlos. Wir saßen nebeneinander, die Arme auf der Theke, unbeachtet von den beiden Männern an der Schmalseite, die wie wir Bier tranken und gelegentlich, wie aus purer Höflichkeit, ein Wort wechselten.

»Ich hab das im Hotel nicht so gemeint«, sagte Martin. »War eine blöde Bemerkung mit deinem Vater.« Er hob seine Flasche, und wir stießen an. »Du hast ziemlich merkwürdig reagiert. Tut mir Leid.«
»Ich bin erschrocken«, sagte ich. »Im Nachhinein habe ich an Bogdan denken müssen, und wenn ich an Bogdan denke, muss ich an meinen Vater denken. Und jetzt, am siebzigsten Geburtstag meiner Mutter ...« Ich trank, stellte die Flasche ab, sah zu den beiden Männern hinüber, die vor sich hin stierten, und leerte die Flasche. »Warum nicht?«
»Warum nicht?«, sagte Martin und drehte seine Flasche zwischen den Händen.
Bei der Suche nach zwei Kindern in München war ich vor einiger Zeit einem Stadtstreicher begegnet, der sich während meiner Befragung mehrmals übers Gesicht gestrichen hatte, von oben nach unten, mit der flachen Hand, die er dann vor den Mund hielt, als habe er sich versprochen und sei darüber erschrocken oder geniere sich. Und diese Geste kannte ich von meinem Vater, sie tauchte wie eine längst verheilt geglaubte Wunde in meiner Erinnerung auf, sodass ich in einer Art Schmerzanfall versuchte, den Mann wiederzutreffen. Es gelang mir nicht. Keiner seiner Bekannten in der Gegend des Ostbahnhofs, wo er sich normalerweise aufhielt, hatte ihn mehr gesehen.
Das Ungeheuerliche war, dass er später, in einem anderen Fall, im Dezernat anrief, um mir eine Information zukommen zu lassen, die meine Ermittlungen entscheidend

beeinflusste. Wieder hoffte ich auf ein Treffen, und wieder vergeblich. Obwohl er bei unserem Gespräch im Ostbahnhof einen langen, verwitterten Mantel getragen hatte, hatte ich beim Anblick des Mannes am Friedhofscontainer nicht an Bogdan gedacht. Erst Martins flapsige Bemerkung brachte mich darauf und erschreckte mich, als hätte ich tatsächlich denselben Mann gesehen und die Chance verpasst, endlich mit ihm persönlich zu sprechen.
Warum nicht?
Was für eine absurde, beklemmende Frage. Ich war sechzehn, als mein Vater am zweiundzwanzigsten Dezember, einem Sonntag, verschwand. Kurz zuvor hatte ich Bibiana kennen gelernt, im Partykeller ihrer älteren Schwester.
Warum nicht?
Und wenn er es war, weshalb gab er sich nicht zu erkennen? Weil ich ihn nicht auf Anhieb erkannt hatte? Weil ich blind war? Weil ich auf der Vermisstenstelle der Kripo arbeitete und es nicht geschafft hatte, ihn in all den Jahren aufzuspüren? Weil er mir etwas beweisen wollte? Was? Wozu denn? Bogdan. Mein Vater hieß Branko.
»Willst du einen Wodka?«, fragte Martin.
»Warum nicht?«, sagte ich.
Auch die beiden Männer uns gegenüber tranken inzwischen Schnaps, und ich sah einen Moment lang hin. Dann hob ich noch einmal den Kopf, stieg vom Barhocker und ging ohne ein weiteres Wort zu den Toiletten. Dort schloss ich mich in der einzigen Kabine ein, holte meinen karierten Block aus der Hemdtasche, schrieb eine Nachricht für Martin auf einen Zettel, faltete ihn zusam-

men und legte ihn auf Martins Oberschenkel, als ich mich wieder an den Tresen setzte.

Wir warteten, bis Sissi den Wodka brachte, tranken ihn, und dann ging Martin zu den Toiletten.

»Zahlen, bitte«, sagte ich.

»Schon?«, sagte Sissi.

»Morgen früh um sechs müssen wir zurück nach München«, sagte ich. »Falls Niko kommt, grüß ihn von uns, wenn du magst.«

»Das müsst ihr schon verstehen«, sagte sie. »Ihr seid Bullen, und wegen euch ist der Niko ruiniert. Deine Kollegen haben den verhört, und für die Zeitungen war das der Beweis, er hätte was damit zu tun, dass Anna nicht mehr da ist. So läuft das. Ich mein das nicht persönlich, du sagst, du bist nicht bei der Soko, glaub ich dir ja. Aber der Niko ist kaputt, der kann sich nur noch die Kugel geben. Verstehst?«

»Die Soko hat ihn nie als Verdächtigen behandelt«, sagte ich.

»Na und?«, sagte Sissi. »Die Zeitungen und das Fernsehen sind wichtiger als die Soko. Wenn die sagen, der Niko ist schuldig, dann ist der schuldig, oder, stimmts nicht?«

»Er ist nicht schuldig«, sagte ich.

»Dann sags deinen Kollegen!« Ihr abschätziger Blick traf auch Martin, der von der Toilette zurückkam.

»Das brauche ich meinen Kollegen nicht zu sagen, die wissen es.«

»Der Niko ist am Ende, und die Anna ist immer noch verschwunden, und ihr habt keine Ahnung!« Sie überlegte

einen Moment und nannte die Summe, die wir zu zahlen hatten. Ich legte einen Schein auf die Theke.
»So stimmts«, sagte ich.
»Danke«, sagte Sissi. Vermutlich fing sie bereits an, uns zu vergessen.
Draußen war es warm, und aus dem offenen Fenster eines Wohnhauses gegenüber der Kneipe drang ein Song, den Martin und ich gut kannten und mochten.

*Crickets are chirpin', the water is high,
There's a soft cotton dress on the line hangin' dry ...*

Auf dem kiesbedeckten Parkplatz lauschten wir eine Weile, dann zündete sich Martin eine Salemohne an und steckte dabei den Zettel in Brand, den ich ihm zugeschoben hatte.
»Haben die uns zugehört?«, sagte er.
Mit dem Schuh verteilte er die verkohlten Papierreste unter den Kieseln.
»Die Frage ist, ob sie was verstanden haben.«
Vielleicht war es eine winzige Geste gewesen, die mich ernüchtert hatte, die Bewegung der Hand zur Innentasche der Jacke, ein Fingersignal zum Nebenmann – schlagartig wusste ich Bescheid und wunderte mich nur noch, warum ich die ganze Zeit nichts gemerkt hatte.
»Sie haben die Kollegen vor Ort angeschwindelt«, sagte Martin. »Sie trauen ihnen nicht. Wieso sind mir die beiden nicht aufgefallen?«
»Vielleicht täusche ich mich«, sagte ich.

»Garantiert nicht. Beim Rausgehen hab ich sie mir angeschaut, die warten auf Krapp.«

»Er wird von vier Leuten beschattet«, sagte ich. »Zwei warten vor seinem Haus und folgen ihm dann, und zwei sind schon am Ziel und warten.«

»Deswegen heißen sie Zielfahnder.« Martin trat die Zigarette aus. »Wenn sie mitgekriegt haben, wer wir sind, gibts Ärger. Warten wir auf Krapp?«

»Natürlich«, sagte ich. »Wie spät ist es?«

Martin trug wie ich keine Armbanduhr, und wir setzten uns in den klapprigen braunen Opel, mit dem er aus München gekommen war. Vor langer Zeit hatte das Auto als Dienstwagen fungiert, inzwischen tuckerte es mit maximal neunzig Stundenkilometern über die Autobahn, was für Martins Fahrstil reichte. Auf Landstraßen kam er über den dritten Gang kaum hinaus, nach vorn gebeugt, hockte er hinter dem Lenkrad, die Zeit verging nicht, und die Kiste kroch dahin. Und je lauter das Hupkonzert um sie herum anschwoll, desto störrischer schienen Fahrer und Fahrzeug darauf zu reagieren. Mit Martin im Auto unterwegs zu sein kam fast einer buddhistischen Übung in Geduld, Konzentration und kosmischer Nachsicht gleich.

Die Uhr am Armaturenbrett zeigte sieben Minuten nach elf. Wir kurbelten die Fenster herunter und warteten. Von unserem Platz aus, unmittelbar neben dem Zaun zum Gehweg, hatten wir eine gute Sicht auf den Eingang der Kneipe. Außer Martins Opel standen drei weitere Autos auf dem Parkplatz, darunter ein schwarzer BMW, der vermutlich unseren Kollegen von der Soko gehörte.

Der Song aus dem Fenster begann von vorn. Martin summte ihn mit.

> *... Not a word of goodbye, not even a note,*
> *She went with the man in the long black coat.*
> *Somebody seen him hanging around at the*
> *old dance hall on the outskirts of town ...*

Nach fünfzehn Minuten in Schweigen sagte Martin: »Wann kommt Sonja zurück?«
»Heute oder morgen«, sagte ich.
»Hast du mit ihr telefoniert?«
»Einmal. Alles ist in Ordnung.«
»Lanzarote ist die Insel mit dem Vulkan?«, sagte Martin.
»Ja«, sagte ich.
»Ich hab einen Bildband von den Kanarischen Inseln.«
Das überraschte mich nicht. Martin Heuer sammelte Bildbände ferner Länder, Landkarten, Stadtpläne, Reisemagazine, Prospekte aller Art. Seine Sammlung füllte inzwischen Regale und Schränke. Aber er verreiste nie. Ähnlich wie ich. Für unsere Sturheit in Reisedingen hatte Sonja nicht das geringste Verständnis, meine Weigerung, sie nach Italien oder Spanien zu begleiten, hielt sie für eine persönliche Beleidigung und eine Missachtung unserer Freundschaft, und dass ich nicht mit ihr nach Lanzarote fliege, zeige ihr, so hatte sie mir am Flughafen gesagt, wie weit ich mich bereits von ihr entfernt hätte und wie erkaltet unsere Beziehung sei. Den Hinweis auf meine Flugangst ignorierte sie, sie wäre, wenn ich gewollt

hätte, mit mir im Auto oder im Zug verreist, egal wohin. Immerhin hatte ich versprochen, im Herbst mit ihr an die Nordsee zu fahren, eine Woche oder sogar zehn Tage, falls sich unser Dienstplan entsprechend koordinieren ließ. Ja, ja, hatte sie beim Abschied am Gate gesagt, übernimm dich nicht! Als wir uns umarmten, vermisste ich sie schon.

> ...There are no mistakes in life, some people say,
> It is true sometimes you can see it that way.
> But people don't live or die, people just float ...

»Ist er das?«, sagte Martin.
Aus einem grünen verrosteten VW war ein Mann in einer billigen Windjacke gestiegen, in roten, verwaschenen Jeans und einem Jeanshemd, unter dem sich der Bauch wölbte. Er sperrte das Auto nicht ab und schlurfte in trägen, eckigen Schritten über den Kies.
»Ja«, sagte ich, und wir kurbelten die Fenster hoch und glitten in unseren Sitzen nach unten.
In der Einfahrt zum Haus auf der anderen Seite der Durchgangsstraße, an der die Kneipe lag, hielt ein Wagen an, ein BMW.
Während unserer Zeit bei der Mordkommission hatten Martin und ich an einigen Observationen teilgenommen, sodass wir nicht überrascht waren, als nach ungefähr zehn Minuten unsere beiden Tresennachbarn nach draußen kamen, sich streckten und mit einer schnellen Kopfbewegung in Richtung ihrer Kollegen zu dem schwarzen

BMW auf dem Parkplatz gingen. Im Grunde war es ein leichtes Spiel, einen Observierer zu observieren, seine totale Aufmerksamkeit galt ausschließlich zwei Personen: dem Verdächtigen und sich selbst. Wer sich sonst auf der Bildfläche herumtrieb, interessierte ihn nicht, jede Ablenkung barg das Risiko der Enttarnung.

»Was für ein Aufwand für einen Unschuldigen«, sagte ich.

»Die Unterlagen, die du gelesen hast, sind nicht in Stein gehauen«, sagte Martin. »Der Marienfeld ist ein erfahrener Mann, der startet so eine Aktion nicht nur wegen der Presse, wenn er keine konkreten Gründe hat.«

»Vielleicht«, sagte ich.

»Wir sind nicht zuständig«, sagte Martin wieder. »Und wir kennen den Niko nicht. Wir haben ihn als Kind gekannt, das ist lang her.«

»Wir gehen rein«, sagte ich. »Ich habe Durst.«

»Und ich erst!«, sagte Martin beim Aussteigen. »Du hast mich ja gezwungen, diesen salzigen Wurstsalat zu essen!«

»Ich habe Durst, weil es so warm ist.«

»Einen dermaßen versalzenen Wurstsalat hab ich noch nie gegessen.«

»Er war nicht versalzen.« Ich wollte gerade die schwere Holztür aufdrücken, als Martin die Hand auf meinen Arm legte.

»Hältst du mich für einen guten Polizisten, Tabor?«, sagte er.

Überrascht sah ich ihn an und sah den Schweiß in seinem

77

Haarkranz, seine eingefallenen Wangen, seine zuckenden Lider.
»Du bist ein ausgezeichneter Polizist«, sagte ich. »Warum fragst du mich das jetzt?«
»Weil ich glaub, dass ich immer nur ein Mitläufer war.«
Seine ruhige Art zu sprechen beunruhigte mich, seine kühle, raue Hand auf meinem Arm schien mein Blut zu berühren.
Behutsam sagte ich: »Von wem sollst du ein Mitläufer gewesen sein, Martin?«
»Von dir«, sagte er, und es klang ohne Vorwurf, ohne Erregung, beinahe erleichtert.
Weil ich nicht mein übliches Schweigen eintreten lassen wollte, sagte ich: »Du hast uns in den Dienst gebracht, und ich habe mich überzeugen lassen.«
Martin nahm die Hand von meinem Arm, und aus einem irritierenden, unerklärlichen Grund bedauerte ich es.
»Aber nicht von mir hast du dich überzeugen lassen.«
»Von wem denn sonst?«
»Von dir selbst.«
Ich schwieg wie unter einem Zwang.
»Nein«, sagte ich dann.
»Entschuldige!«, sagte Martin und wischte sich übers Gesicht. Und für einen Moment musste ich wieder an meinen Vater denken, an Bogdan, an den Mann am Müllcontainer. »Manchmal denk ich so Zeug. Lass uns was trinken!«
»Du bist kein Mitläufer«, sagte ich.
»Okay«, sagte er und stemmte sich mit seinem schmächtigen Körper gegen die Tür.

Ich legte die Hand auf seine Schulter. »Du bist niemals ein Mitläufer gewesen.«

»Du hast Recht«, sagte er, wartete und hielt die Tür auf, bis ich an ihm vorbei in den Vorraum getreten war. »Nur ein Mittrinker.«

Erschüttert vom Ton und der maßlosen Traurigkeit seiner Worte, drehte ich mich noch einmal zu Martin um und wäre deshalb beinah über den Mann gestolpert, der vor dem Tresen auf dem Boden kauerte und weinte.

6
»Seid ihr jetzt glücklich?«, sagte Sissi.
»Nein«, sagte ich.
»Trink lieber noch ein Bier, Niko, lass den Schnaps weg!«
»Wodka«, keuchte Nikolaus Krapp mit gesenktem Kopf, die Hände zwischen die Knie geklemmt, gebückt auf der Eckbank, seinem Stammplatz.
Mit der Unterstützung der Wirtin, die Stühle aus dem Weg räumte, hatten Martin und ich den angetrunkenen, vollkommen übermüdeten Friseur vom Boden in die Höhe gestemmt, seine Arme um unsere Schultern geschwungen und ihn vom Tresen zum Tisch neben dem Fenster geschleppt. Dort ließ er sich auf die mit einem karierten Polster ausgelegte Bank plumpsen und starrte uns an, während Sissi die Bierdeckel ordnete, die er mit dem Ellbogen über den Tisch gefegt hatte.
»Das sind Bullen«, sagte sie, als sie die Wodka- und Biergläser brachte.
Hastig trank Niko den Schnaps und knallte das kleine Glas auf den Holztisch. »Wir waren zusammen in der Schule, erzähl mir nichts, Sissi! Bring mir noch einen!«
»Trink erst dein Bier, Niko!«
»Du hättst echt Krankenschwester bleiben sollen!« Er griff nach seinem Glas und verfehlte es. Dann hob er es hoch, und sein Arm zitterte. »Prost, Bullen! Lang nichts mehr von euch gehört.« Schmatzend hielt er das Glas fest, stützte den Ellbogen auf und drehte den Kopf zu Martin, der neben ihm saß. »Du bist der Heuer.«

Martin nickte. Ich saß Niko gegenüber, und er brauchte eine Weile, bis er seinen Blick auf mich eingestellt hatte. »Haben sie jetzt eine Berühmtheit auf mich angesetzt?«

Ich sagte: »Ich bin keine Berühmtheit, Niko.«

»Ich hab dich mindestens zehnmal in der Zeitung gesehen. Bist du jetzt Chef von der Soko?«

»Nein«, sagte ich. »Ich bin nicht in der Soko, ich bin für den Fall nicht zuständig, und Martin auch nicht. Wir sind privat hier.«

»Wieso?« Niko stellte für einen Moment das Glas ab und führte es anschließend, obwohl es fast leer war, mit zwanghafter Behutsamkeit zum Mund, die Finger gespreizt, mit abstehendem Arm.

An Sissi gewandt, die immer noch bei uns stand, sagte ich: »Kennst du die beiden, die mit uns am Tresen gesessen haben?«

»Schauen seit einer Woche rein«, sagte Sissi. Seit Martin und ich in ihre Kneipe zurückgekehrt waren, beachtete sie uns nur notgedrungen. Dass wir uns im Gegensatz zu den übrigen Gästen um Niko gekümmert und ihm geholfen hatten, aus seiner Elendsstellung wieder auf die Beine zu kommen, rettete unser Ansehen bei ihr nur geringfügig.

»Weißt du, was sie machen?«, sagte ich.

»Vertreter, glaub ich.«

»Was vertreten sie denn eine Woche lang am selben Ort?«

Sissi nahm Nikos Schnapsglas. Als sie sich über den

Tisch beugte, sah ich den Teil einer Tätowierung auf ihrer Schulter.
»Hättst sie halt gefragt, sie sind nette Gäste, ich freu mich, wenn ich sie seh.«
»Haben sie zwischendurch mal telefoniert?«, sagte Martin. So wie sie nebeneinander saßen, er und Niko, graugesichtig und gekrümmt, mit trüben, trostlosen Augen, hätten sie Weggefährten sein können, die jede Nacht Obdach bei Sissi suchten und sich erst einmal – für einige Minuten der Einkehr und aus hämischer Gleichgültigkeit gegenüber dem Schmutz der Welt – auf den Boden legten, um das Schicksal des Ungeziefers zu beweinen.
»Na und?«, sagte Sissi. »Geht dich das was an?«
»Wahrscheinlich haben sie telefoniert, kurz bevor sie bezahlt haben und gegangen sind«, sagte Martin.
Auf dem Weg zum Tresen drehte Sissi den Kopf halb nach hinten. »Schlauer Bulle! Durchs Fenster spioniert?«
Nachdem er sein Glas ausgetrunken hatte, schälte Niko sich aus der Windjacke, indem er mit den Armen schlenkerte und dabei mehrmals Martin anstieß. Aber keiner der beiden sagte etwas. Niko knüllte die Jacke zusammen und stopfte sie in die Ecke, als nehme sie sonst zu viel Platz weg. Ungeduldig blickte er zur Theke, hinter der Sissi Bier zapfte, und schaute dann mit müdem, nervösem Blick durch mich hindurch, bis die Wirtin mit dem frischen Glas kam.
»Wir nehmen auch noch zwei«, sagte Martin.
»Wo ist mein Wodka?«, sagte Niko.

Vielleicht traf ihn nun, da er sich in unserer Gesellschaft befand, ebenfalls Sissis Bannstrahl. Sie nickte nur noch knapp und verschwand wortlos.

»Prost und weg!«, sagte Niko, trank und knallte das Bierglas auf den Tisch, lehnte den Oberkörper schräg nach hinten und musterte Martin wie jemanden, der sich plötzlich neben ihn gesetzt hatte. »Servus!«

»Servus«, sagte Martin sofort. »Ich heiß Martin.«

»Heuer«, sagte Niko. »Was machst du hier?«

»Besuch meine Eltern.«

Mit einem Ruck drehte Niko den Kopf zu mir. »Und du? Besuchst du auch deine Eltern?«

»Ja«, sagte ich. »Meine Mutter wäre gestern siebzig geworden, ich habe ihr Grab besucht.«

»Und der Papa?«, sagte Niko.

»Der ist verschwunden.«

»Wie verschwunden?« Er trank, und etwas wie ein neugieriges Staunen schwamm in seinen Augen.

»Er ist eines Tages weggegangen und nicht wiedergekommen.«

Niko kratzte sich mit dem kleinen Finger im Ohr. Und Zeit verging.

»Jetzt mal ohne Schmarrn ...« Er bohrte noch einmal den Finger ins Ohr. »Dein Vater ist verschwunden?«

»Ja«, sagte ich.

»Verschwunden.« Er gab ein Keuchen von sich, schmatzte und trank einen Schluck. »Verschwunden? Und wieso suchst du den dann nicht? Du bist doch für Verschwundene zuständig, oder nicht? Ist Verschwundenenfinder und hat einen verschwundenen Vater!« Aus irgendeinem Grund grinste er nicht mich oder Martin, sondern die Wand neben sich an. »Das spricht ja jetzt nicht grad für dich.«

»Nein«, sagte ich.

Mein Schweigen veranlasste ihn, das Glas zu heben und uns zuzuprosten.

»Möge es nützen!«, sagte Martin.

»Was?«, sagte Niko.

»Das Bier«, sagte Martin.

»Möge es nützen!« Niko schüttelte den Kopf und grinste wieder die Wand an. Vielleicht saß jemand an der Schmalseite des Tisches, den wir bloß nicht sahen.

Wir tranken und redeten eine Zeit lang nichts. Aus den Lautsprechern tönten Songs aus den siebziger Jahren, genau dieselben wie damals in Evelins Partykeller.

»Ihr seid wegen der Anna da«, sagte Niko während des Refrains von *Love hurts*. »Erzählt mir nichts! Was denn sonst? Am Montag ist es ein Jahr her, und ich wars. Hab ich Recht?« Jetzt grinste er mich an, bevor er mit dem Mittelfinger gegen das Glas schnippte. »Ich wars aber nicht.«

»Das glaube ich dir«, sagte ich. »Und wir sind wirklich nicht für den Fall zuständig. Wir wollen nur so mit dir reden.«

»Find ich gut.« Niko hob den Arm. Dann rückte er mit dem Kopf noch weiter zur Seite, um an mir vorbeischauen zu können. Offensichtlich war er es nicht gewohnt, auf eine Bestellung zu warten. Als er das Glas wieder hinstellte, kippte es um, und ein Rest Bier ergoss sich über den Tisch. Niko verteilte drei Bierdeckel über der kleinen Lache und wischte die Unterseite des Glases an seiner Jeans ab.

»Hast du in letzter Zeit mit unseren Kollegen von der Soko Kontakt gehabt, Niko?«, sagte ich.

Er schüttelte den Kopf und nickte, wie erschrocken, sofort wieder. Anscheinend war Sissi dabei, seine Gestik misszuverstehen. Sehen konnte ich die Wirtin nicht, da ich mit dem Rücken zum Tresen saß.

»Wieso bist ausgerechnet du ins Visier geraten?«, sagte Martin.

Anders als Niko und ich hatte er seine Jacke nicht ausgezogen, er ließ sie zugeknöpft und schwitzte.

»Weil ich sie angelogen hab«, sagte Niko. »Ich war bei meiner Geliebten, wir haben gesoffen, ich bin gefahren, keine Ahnung, wohin, ich weiß nichts mehr. Wir haben die ganze Nacht gesoffen und in der Früh gleich weiter. Auf einmal hat jemand behauptet, ich hätt mit der Anna auf der Straße gesprochen. Eine Zeugin! Ich hab die nie kennen gelernt, die hat mich auch nicht interessiert, weil, ich wars ja nicht. Ich weiß nicht, wen die gesehen hat. Wahrscheinlich war die genauso besoffen wie ich. Ja, endlich!«

Genau wie Niko vorhin, knallte Sissi das Wodkaglas auf den Tisch, Martins und mein Bier stellte sie auf einen Deckel und zog zwei blaue Striche.

»Danke, Maus«, sagte Niko.

Sie reagierte nicht darauf.

»Möge es nützen oder auch nicht!«, sagte Niko und hob sein Glas, und wir stießen an.

Allmählich verließ ein Gast nach dem anderen die Kneipe. Und als ich mich umschaute, saß außer uns nur noch ein junges Paar unter dem Fenster auf der anderen Seite des Tresens, eng umschlungen. Beide, das Mädchen und der Junge, waren Anfang zwanzig, er mit langen, dunkelblonden Rastalocken und sie mit raspelkurz geschnittenen schwarzen Haaren. Wenn sie sich nicht küssten, rauchten sie, zumindest in den Momenten, in denen ich sie beobachtete, und strichen sich mit dem Handrücken gegenseitig übers Gesicht. Jim Croces Stimme passte wie bestellt zu ihrer Sanftmut.

... If I could save time in a bottle,
the first thing that I'd like to do,
is to save every day 'til eternity passes away,
just to spend them with you ...

»Du kannst dich nicht mehr erinnern, ob du die Anna an dem Tag gesehen hast«, sagte ich.
Niko stützte den Kopf in die Hand und umklammerte mit der anderen das frisch eingeschenkte Bierglas. »Hast du das Protokoll gelesen?«
»Nur einen Ausschnitt«, sagte ich.
»Die haben mich siebenhundertmal gefragt, irgendwann war ich fast selber gespannt, ob mir noch was einfällt. Wenn du immer wieder über dasselbe nachdenkst, dann

denkst du irgendwann, da ist was, da kommt was hoch, genau, klar, die Anna, die steht da am Straßenrand, und ich halt an und sag: Grüß dich, Anna, wo gehstn hin, ist dir nicht zu warm? Weil sie hat einen grünen Pullover angehabt, obwohls mordsmäßig heiß war ...«
»Du hast dich an den Pullover erinnert«, sagte ich.
»Natürlich nicht, du Depp!« Ohne den Kopf von der aufgestützten Hand zu heben, trank er, und der Arm mit dem Glas sackte auf den Tisch. »Das stand doch in der Zeitung, dann! Ich hab das gelesen, hundertmal. Und dann haben sie mich wieder gefragt, und haben meinen Wagen zerlegt, da hab ich ja noch den anderen gefahren, den hab ich inzwischen verkauft, das war ja Wahnsinn, die haben den in der Zeitung abgebildet! Mich auch, die Schweine!«
Dann schwiegen wir.
»Bist du noch mit deiner Geliebten zusammen?«, fragte Martin, der Spezialist für Gesprächswendungen im richtigen Moment.
Niko warf ihm einen abwesenden Blick zu, eine Weile wortlos. »Spinnst du? Als die Verhöre losgegangen sind, haben wir uns getrennt, ich wollt nicht, dass sie mit reingezogen wird, war sie ja eh schon. Sag mal, erinnerst du dich an die Kirchner Sibylle?«
»Von der Bäckerei?«, sagte Martin. Er hatte sich die letzte Salemohne aus der Packung angezündet und diese zerknüllt.
»Die ist gestorben«, sagte Niko. »An Aids wahrscheinlich. Gelbsucht, hat die Familie behauptet, in Afrika, sie hat da

unten als Biologin gearbeitet, die war mit uns in der Klasse.« Er sah mich an.
»Sie hatte einen Bruder«, sagte ich.
»Der macht jetzt die Bäckerei«, sagte Niko.
Er schnaufte, hob das Glas und stellte es wieder hin. »Die Geschichte vom Mayer Max habt ihr mitgekriegt, oder?«
»Was ist mit dem?«, sagte Martin.
»Der hat sich aufgehängt. Aus Liebe. Der war doch mit der Tänzerin zusammen, der Aufhauser Monika, die wollt weg, in die Stadt, ans Theater. Der Max wollt aber nicht weg hier, der wollt halt nicht in die Stadt, der wollt halt lieber auf seinem Hof bleiben, im Dorf, wo er halt daheim ist. Aber sie hat ihn überreden wollen. Er wollt nicht, also ist sie allein weg. Das hat er nicht verkraftet. Er hat sich auf dem Grundstück seiner Eltern aufgehängt. Ich hab ihn noch getroffen am Abend vorher, er war ganz normal, er hat wenig geredet. Aber sonst hat er auch nicht viel geredet. Hier, da an dem Tisch hat er gesessen, es war Samstag, ein Haufen Leute, er hat sein Bier getrunken und ist gegangen. Am nächsten Morgen haben sie ihn gefunden. Erhängt. Wie der Pfarrer Wild. Auch aus Liebe.«
»Und die Monika?«, sagte Martin.
»Sie ist zur Beerdigung gekommen«, sagte Niko. »Die war fertig. Seitdem hab ich sie nicht mehr gesehen, ist zwanzig Jahr her etwa. Und jetzt der Pfarrer Wild. Wart ihr auf der Beerdigung von dem?«
»Nein«, sagte Martin.
Ich sagte: »Er hat sich aufgehängt, weil er eine Geliebte

hatte, die ihn verlassen wollte, und das Geheimnis aufgeflogen ist.«
»Schön hast du das gesagt: Geheimnis. Schön. Aber ein Geheimnis war das eher weniger, die Leute haben das gewusst, jeder praktisch, der katholisch ist. Die Feiningerin ist in ihrem Laden sogar drauf angesprochen worden, aber sie hat nichts zugegeben, ist klar. Geht auch niemand was an. Und noch dazu ist die Monika viel jünger als er, die ist so in unserem Alter und er ist fast siebzig gewesen.« Er richtete sich auf, legte den Kopf schief wie zur Entspannung und nahm einen langen Schluck.
Jeden Moment rechnete ich damit, dass Sissi uns aufforderte zu verschwinden. Ich drehte mich um. Sie saß hinter der Theke und las in einem dicken Buch. Das Pärchen auf der anderen Seite rauchte gemeinsam eine selbstgedrehte Zigarette, sie steckten sie sich gegenseitig in den Mund und sahen dem Rauch und der Glut zu, mit glühenden Wangen.
»War die Feiningerin auf der Beerdigung?«, fragte Martin.
Niko leerte sein Glas. Von uns dreien war er mit Abstand der schnellste Austrinker. »Wie ich gehört hab, nein«, sagte er, und sein Lallen wurde stärker. »Sie hat sich nicht getraut, auch egal.«
»Wie lange waren die beiden zusammen?«, fragte Martin.
»Jahrelang schon.« Niko hielt nach Sissi Ausschau, aber sie schien ihn nicht zu beachten. Er stellte das Glas wieder hin, gut hörbar. »Ob das stimmt, weiß ich nicht. Die hat eine Tochter, die Feiningerin, die Sabrina.«
»Vom Pfarrer?«, sagte Martin.

»Spinnst du total?«, sagte Niko laut. Und sofort hob er sein Glas, anscheinend hatte Sissi auf seinen Ausruf reagiert. »Vom Pfarrer doch nicht! Vom Schneider Johannes, du Depp! Den haben sie doch nach Hamburg versetzt, seine Versicherung, oder er hat sich versetzen lassen, was weiß ich! Die sind schon ewig auseinander, die Monika und er.«

»Aber warum hat sich der Pfarrer umgebracht?«, sagte ich.

»Was ich gehört hab, ist ...« Abrupt schaute er zu Sissi hoch, die das Bier brachte. »Was liest du?«

»Ein Buch.« Sie nahm das leere Glas und blickte uns der Reihe nach an.

»Was ist?«, sagte Niko.

»Das Verhör scheint ja gut zu klappen«, sagte sie.

»Was für ein Verhör?«, sagte Martin.

»Pass bloß auf, was du sagst, Niko! Die sind schlau, das sind Bullen, die wissen, wie man Leute austrickst, die wollen dich reinreiten ...«

»Nein«, sagte ich.

»Warum lasst ihr den Niko dann nicht in Frieden? Der hat nichts getan. Außerdem wärs mir eigentlich lieber, ihr würdet verschwinden, ich mag keine Bullen in meinem Lokal.«

»Wir glauben doch auch, dass Niko nichts damit zu tun hat«, sagte ich. »Wir reden gerade über den Selbstmord des Pfarrers. Wenn jeder im Dorf wusste, dass er eine Geliebte hat, hätte er sich doch nicht umbringen müssen.«

»Gewusst ist doch Unsinn!«, sagte Sissi und schien einen

Moment zu überlegen, ob sie weiter mit uns sprechen solle. »Niemand hat das gewusst, das sind lauter Vermutungen. Wenn er wirklich ein Verhältnis mit ihr gehabt hat, und das wär rausgekommen, dann wär er erledigt gewesen, dann hätt man ihn versetzt oder sie hätten ihn ganz rausgeschmissen. Ich glaub eher, dass er sich das angetan hat, weil er krank war, angeblich hat er Krebs gehabt, Leberkrebs, unheilbar. Das ist das, was ich gehört hab.«

»Und ich hab gehört ...«, sagte Niko und trank, und Schaum tropfte ihm vom Mund, » ... sie hat sich von ihm trennen wollen, weil sie hat das nicht mehr ausgehalten, die Heimlichtuerei, das Gerede der Leute. Die wollt doch auch wegziehen, die wollt doch den Laden zumachen.«

»Stimmt«, sagte Sissi. »Das hab ich auch gehört.«

»Ich war beim Pfarrer Wild«, sagte Niko. Wieder klemmte er die Hände zwischen die Knie. Und auf einmal machte er einen verunsicherten, schüchternen Eindruck. Vielleicht hatte er das, was er uns mitteilen wollte, noch zu niemandem gesagt, vielleicht hatte er sich bisher dafür geniert. »Ich hab mich nicht mehr ausgekannt, immer die Polizei und die Fragen und die Presse, und im Geschäft haben sie mich schief angeschaut, und dann sind überhaupt keine Leute mehr gekommen ... Ich hab ja mit niemand reden können, mit wem denn? Mein Vater hat mich angerufen, dem hab ich gar nichts erzählt, und seiner Frau auch nicht. Das hat mich am meisten geärgert, dass der sich jetzt aufspielt, der hat bloß Angst um sein Ansehen gehabt, dass er was abkriegt von dem Gerede

über mich. Ich bin zum Pfarrhaus gefahren und hab geklingelt, mitten am Nachmittag. Die alte Bergrain hat aufgemacht, sie hat mir einen Kaffee gemacht, weil der Herr Pfarrer eine Besprechung hatte. Sie hat mir gesagt, der Herr Pfarrer wär in letzter Zeit überlastet und würd die halbe Nacht arbeiten und sich keine Ruhe mehr gönnen. Ich glaub, ich bin eine halbe Stunde in der Küche gesessen, dann hab ich im Flur Stimmen gehört, und dann hab ich durchs Fenster die Feiningerin rausgehen sehen. Ob die Bergrain was gewusst hat, weiß ich nicht, ich könnt mir vorstellen, dass die einfach nicht hingeschaut hat, die ist ja schon hundert Jahre in dem Pfarrhaus, die war schon beim Pfarrer Seltner da.«
Hastig trank Niko mehrere Schlucke. Sissi setzte sich auf den freien Stuhl, nachdem sie einen Blick zum offensichtlich wunschlosen Pärchen geworfen hatte.
»Als ich bei ihm im Zimmer war, hab ich angefangen zu heulen«, sagte Niko mit einem Zittern in der Stimme. »Mir war das so peinlich. Der Pfarrer Wild hat eine Flasche Birnenschnaps und zwei Gläser geholt, und dann haben wir erst was getrunken, und dann gings mir besser. Später hab ich noch zwei Schnäpse getrunken, er aber nicht. Ich war eine Stunde bei ihm, und er hat nur zugehört. Was genau ich zu ihm gesagt hab, weiß ich nicht mehr, ich hab ihm halt darlegen wollen, dass ich nichts mit dem Verschwinden der Anna zu tun hab, und dass ich ... dass ich ...« Er umklammerte das Glas und ließ es mit einem Ruck los. »Dass ich total am Arsch bin, wenn die mich weiter fertig machen, die Bullen, die

Presse, die Leute, die nicht mehr in meinen Laden kommen. Ich bin am Arsch, damit hätt ich nie gerechnet, verstehst ...« Er meinte niemand Bestimmtes, er sah keinen von uns an. »Ich hab geglaubt, ich mach eine Aussage und aus. Gut, ich hab gelogen am Anfang. Weil ich die Katrin nicht mit reinziehen wollt. Das ist doch verständlich! Dann hab ich gesagt, wies wirklich war, und dann war ich erst recht am Arsch. Was ich tun soll, hab ich den Pfarrer Wild gefragt, und er hat gesagt, wenn ich unschuldig bin, kann niemand mir einen Strick drehen. Als ich erfahren hab, dass er sich erhängt hat, hab ich wieder an den Satz denken müssen, dass mir, wenn ich nichts getan hab, niemand einen Strick draus drehen kann. Jetzt hat er sich selber einen Strick gedreht. Und ich denk mir, vielleicht hat er niemand zum Reden gehabt, so wie ich. Wenn ich nicht mit ihm geredet hätt an dem Nachmittag, wer weiß, vielleicht hätt ich mir auch was angetan. So verzweifelt war ich. Das verstehst du nicht, aber das war so.«

Wieder redete er nur mit seinem Glas. Er trank, stellte es hin und trank noch mal. »Er hat mir den Rat gegeben wegzufahren, vorübergehend. Hab ich gemacht. Hat nichts genützt. Ich hab mich in billigen Pensionen eingemietet und gedacht, wenn ich irgendwo an einer Bar hock und was sauf, dann hört der Druck auf. Totaler Irrtum. Einmal hab ich eine Nutte mit aufs Zimmer genommen, das war das Peinlichste überhaupt. Einen Haufen Geld für nichts hab ich bezahlt. Ich war froh, als sie wieder draußen war. Und am Montag ist der erste Jahrestag, und ich wette, dann stehen sie wieder vor der Tür und fangen wieder von vorn an. Wenn ich nicht jeden Abend hierher kommen könnt, würd ich mich aufhängen, wie der Pfarrer Wild und der Mayer Max damals. Wisst ihr, was ich mir manchmal denk?«

Er schaute mich an, seine Augen waren blutunterlaufen.

»Nein«, sagte ich.

»Dass der Pfarrer Wild sich gar nicht wegen der Feiningerin aufgehängt hat.« Er nickte und trank sein Glas leer und schob es mit einer entschiedenen Geste an den Tischrand. »Sondern, dass es gar kein Selbstmord war. Dass er was gewusst hat, verstehst? Dass er was gewusst hat. Dass er was gewusst hat, was niemand wissen darf. Verstehst?«

Er meinte mich, und ich sagte: »Dass er gewusst hat, wer Schuld an Annas Verschwinden hat.«

Niko ließ sich gegen die Lehne der Bank fallen und klopfte mit den Händen auf seinen vorstehenden Bauch. »Genau. Und der Mörder oder der Verschlepper hat bei ihm gebeichtet, weil er weiß, der Pfarrer hat ein Beichtgeheimnis und darf nichts sagen. Da kommen wir jetzt wieder zu deinem Geheimnis. Hinterher aber hat dem Mörder sein Geständnis Leid getan, er hat Schiss gekriegt, dass der Pfarrer Wild doch was verraten würd, und hat ihn so umgebracht, dass es aussieht wie ein Selbstmord. Wär doch möglich.«

»Wie denn?«, sagte Martin. »Wie bringt der Mörder den Pfarrer dazu, in den Wald zu gehen und sich aufzuhängen?«

»Betäubt ihn vorher«, sagte Niko. »Hör mal zu, der Pfarrer Wild bringt sich nicht um, erstens hat er ein gutes Leben hier in der Gemeinde, und zweitens darf er das nicht als katholischer Pfarrer.«

»Er darf auch keine Geliebte haben als katholischer Pfarrer«, sagte Martin.

»Das ist was anderes«, sagte Niko. Er beugte sich vor und schob das Bierglas über die Tischplatte in Richtung Sissi. »Gib zu, deine Kollegen haben nicht nachgeforscht, ist ja klar, der Pfarrer hängt sich auf, weil er krank ist oder eine Geliebte hat und alles kommt raus ...«

»Das ist sehr unwahrscheinlich, Niko«, sagte ich.

»Frag den Vater von der Anna!«, sagte Niko.

Sissi war aufgestanden und blieb jetzt stehen.

»Der Vater von der Anna ist nicht der Einzige, der überzeugt ist, dass der Mörder aus dem Dorf kommen muss«, sagte Niko voller Eifer. »Und wenn das stimmt, dann ist das nicht ausgeschlossen, dass der Pfarrer was gewusst hat. Ich an eurer Stelle würd den exhuminieren lassen.«

»Exhumieren«, sagte Martin.

»Ist doch egal!«, sagte Niko laut. »Selbstmord! Ich war bei dem dort, das ist ein Mensch gewesen, der sich um jeden im Ort gekümmert hat, der war Tag und Nacht für seine Leute unterwegs, zu dem hat jeder kommen können, immer, egal wann, verstehst? So einer hängt sich nicht auf, das kann der gar nicht, der hat eine Verantwortung.«

»Stimmt«, sagte Sissi. »Aber er ist krank gewesen, das weißt du, das hat ja sogar die Bergrain zugegeben, und die sagt sonst nie was.«

»Wem hat die was gesagt?«

»Meiner Mama zum Beispiel«, sagte Sissi. »Wollt ihr auch noch was?«

»Unbedingt«, sagte ich.

»Hast du filterlose Zigaretten?«, fragte Martin.

»Gibts nicht im Automaten«, sagte Sissi.

»Was soll ich dann rauchen?«

»Machst halt den Filter ab.«

»Ich brauch Filterlose«, sagte Martin.

»Ich hab Tabak«, sagte Sissi.

»Den nehm ich.« Martin stand auf und folgte Sissi zum Tresen.

»Der hat was gewusst«, sagte Niko über den Tisch gebeugt. »Und das hat ihm das Genick gebrochen. Im wahrsten Sinne des Wortes, verstehst?«

»Ja«, sagte ich. »Glaubst du, wenn er was gewusst hat, dann wusste auch seine Freundin, die Feiningerin, davon?«

»Möglich wärs.«

»Möglich wärs«, sagte ich.

»Du«, sagte Niko. Er legte mir die Hand auf die Schulter, und seine Stimme klang heiser, verschwörerisch. »Wenn das jetzt wieder losgeht, am Montag, wenn die Bullen und die Presse wieder meinen, ich hätt was damit zu tun und ich wär schuld an der Sache mit Anna, dann versprech ich dir, dann baller ich aus dem Fenster, bis Ruhe ist. Ich hab mir eine Doppelbüchse und tausend Schuss Munition besorgt, die können von mir aus mit Elefanten kommen, ich niet die alle um, deine Kollegen genauso

wie die Reporter. Und die letzte Patrone gehört mir. Gibt eine brutale Sauerei, wenn ich mir die Flinte in den Mund steck. Leider unvermeidlich. So wirds kommen, wenn das jetzt wieder losgeht. Verstehst mich, Südi?«
Ich sagte: »Hast du einen Waffenschein, Niko?«

7

In erster Linie achteten wir auf unsere Füße, auf die Schwelle an der Tür, auf das Licht, das uns blendete und überraschte, als hätten wir vergessen, dass es Tag werden könnte, und auf das Gefuchtel unserer Hände.

Es war kurz vor halb fünf, der Himmel noch dunkel und die Sträucher ringsum voller Gesänge.

»Alles klar«, sagte Nikolaus Krapp vor Sissis Kneipe zu mir. »Feiner Zug von dir, dir meinen Standpunkt reinzuziehen. Der Rest liegt jetzt bei euch, wie gesagt.«

Mit einem fahrigen Händedruck verabschiedete er sich von Martin und mir, taumelte zu seinem grünen VW und schlug, bevor er aufsperrte, mit voller Wucht aufs Dach. Gebückt und halb stolpernd ließ er sich auf den Fahrersitz plumpsen. Der Motor heulte auf und starb ab. Durch das offene Fenster hörten wir Niko fluchen.

»Betrunken am Steuer, vor den Augen der Polizei«, sagte Sissi.

»Soll ich ihm den Schlüssel abnehmen?«, sagte ich.

»Zum Beispiel.«

»Ich muss auch noch fahren«, sagte Martin beinah unverständlich.

»Was?« Sissi bekam ihren strafenden Schwesternblick.

»Auch ich bewege das Kfz«, sagte Martin.

»Gib mir sofort deinen Schlüssel!« Schon hielt die Wirtin Martin am Arm fest, ihre Hand schoss in die Taschen seiner Filzjacke und tänzelte mit dem Schlüsselbund wieder heraus.

»Her damit!«, rief Martin. Aber sein Arm ruderte an Sissi vorbei ins Nichts.

In der Zwischenzeit war ich zum grünen VW gegangen. Ich öffnete die Beifahrertür, beugte mich hinein, zog den Zündschlüssel ab und steckte ihn in die Hose.

»Spinnst du!« Niko schlug mit der Faust nach mir, ohne mich zu erwischen.

Ich warf die Tür zu.

»Her mit dem Schlüssel!«

»Geh zu Fuß«, sagte ich. »Hol ihn dir bei Sissi ab, wenn du wieder nüchtern bist.«

Fluchend war er aus dem Auto geklettert und baute sich jetzt vor mir auf, allerdings unentschlossen, zu bebiert. Ich schwieg.

Niko schnappte nach Luft.

»Servus«, sagte ich.

»Rück den Schlüssel raus, Südi!«

Im Weggehen sagte ich: »Wenn du die Evelin triffst, grüß sie von mir und sag ihr, sie soll auch ihre Schwester von mir grüßen.«

Natürlich hatten wir auch über die Zeiten in Evelins Partykeller gesprochen. Und über Bibiana und mich. Und wie alles endete. Und warum es so enden musste.

Während ich zu Martin und Sissi zurückging, um die Wirtin zu bitten, mir eine Flasche Wasser für den Weg zu geben, und die Gedanken der vergangenen Stunden durch meinen Kopf polterten, bemerkte ich den Wagen in der Einfahrt. Zwei Männer saßen darin. Der Wagen war ein BMW.

Trotz seiner Trunkenheit entging Martin meine Reaktion nicht, und er sah ebenfalls hin.

Der Fahrer stieg aus und blieb an der Tür stehen. »Moing, moing!«, rief er. »Habich, LKA. Servus, Kollegen! Ausgeschlafen?«

»Scheiße!«, sagte Niko. Und weil er sonst kein Wort zustande brachte, wiederholte er den Fluch dreimal und spuckte auf den Boden. Sicher galt seine Verachtung ausschließlich der Anwesenheit des Fahnders. An die Möglichkeit, observiert worden zu sein, dachte er nicht. Grinsend warf er Martin und mir einen verächtlichen Blick zu, formte mit Zeigefinger und Daumen eine Pistole, hielt die Hand dann flach, blies Sissi einen Kuss zu und schlurfte in Richtung Dorf davon.

»Aha«, sagte Sissi.

»Das ist nicht gut«, sagte Martin leise.

Habich – ovales Gesicht, dunkle Augen, kurze, angegraute schwarze Haare, Bluejeans, schwarzes Sweatshirt, Sneakers ohne Socken – kam über die Straße. Er gab erst Martin und mir, dann Sissi die Hand und schien guter Laune zu sein.

»Vor zwei Stunden riefen die Kollegen an«, sagte Habich und rieb sich die Hände und blickte schnell zum Himmel. »Krapp sei immer noch nicht zu Hause, also haben wir mal nachgesehen. Wo soll er auch hin?«

»Ihr seid zu sechst«, sagte ich.

»Die Kollegen drin haben euch erkannt, Sie zumindest, Kollege Süden.« Sein Gesicht wirkte wie von einem hellen Schimmer durchdrungen, als trage er ein persönliches

Morgenrot spazieren. »Die waren ganz schön irritiert. Wir mussten selbstverständlich Marienfeld in Kenntnis setzen, er lässt grüßen und ist für jede Unterstützung dankbar. Im Moment hat er zur Abwechslung einen gewissen Optimismus, wir haben eine neue Festnahme ...« Mit einem Blick auf die Wirtin hörte er abrupt auf zu sprechen. »Interne Dinge, auch wenn die Zeitungen heut darüber schreiben werden.«

»Ich hab eh was Besseres vor«, sagte Sissi und schlug den Kragen ihrer Bluse hoch. »Vergiss nicht, deinen Autoschlüssel abzuholen!«, sagte sie zu Martin.

»Du kannst ihn mir geben«, sagte er. »Die Kollegen nehmen uns mit.«

»Versteht sich von selbst«, sagte Habich munter.

Wir betrachteten uns. Er sah aus wie ein Urlaubsheimkehrer, ich wie der klassische Kneipenheimkehrer: Augenringe bis zum Bauchnabel und eine Fahne bis auf die andere Straßenseite.

Sissi hielt Martin seinen Schlüssel hin und mir, nachdem er ihn eingesteckt hatte, die offene Hand. Ich legte Nikos Schlüssel darauf.

»Gutnacht!«, sagte Sissi. Bevor wir etwas erwidern konnten, schloss sie die Tür und verriegelte sie von innen.

»Was macht ihr eigentlich hier?«, sagte Habich.

»Rein privat«, sagte Martin. »Wir besuchen unsere Eltern.«

Ganz überzeugte Habich die Erklärung nicht, aber er fragte nicht weiter.

»Das Fenster an Nikos Auto ist noch offen«, sagte ich.

101

»Die Kiste klaut keiner«, sagte Martin.

»Wo sollen wir euch hinbringen?«, sagte Habich.

»Hotel Koglhof, am Bahnhof«, sagte Martin.

Ich sagte: »Wen habt ihr festgenommen?«

»Einen Mann in einem schwarzen Mantel, so wie das Mädchen ihn gezeichnet hat«, sagte Habich und blickte nach rechts und links, bevor er über die verlassene Straße ging. »Wir haben gestern Mittag einen Tipp gekriegt. Aus Taging! Angeblich hat sich der Mann vor einem Jahr auch schon hier rumgetrieben. Ein Landstreicher … Das ist der Kollege Ferneck.«

Der Mann auf dem Beifahrersitz telefonierte und hob grüßend die Hand.

»Ein Landstreicher«, sagte ich.

»Nennt sich Bogdan«, sagte Habich. »Keine Papiere, er behauptet, er lebt in München, in Taging wär er rein zufällig, er hätt sich betrunken in einen Zug gesetzt und wär dann hier gelandet. Einen Fahrschein hatte er, aber keine Papiere. Wir haben ihn am See aufgegriffen, da wo das Mädchen verschwunden ist.«

Reglos stand ich neben dem BMW und schwieg. Und rannte durch tausend Gedanken wie durch ein dorniges Labyrinth.

»Kommen Sie, Kollege!«

Ich hatte nicht bemerkt, dass Martin schon eingestiegen war.

»Ich gehe lieber«, sagte ich. Dann beugte ich mich hinunter. »Grüß deine Eltern von mir.«

Martin nickte auf der Rückbank, abwesend, grau vor

Alkohol und Nikotin, mit zugeknöpfter Jacke, die Hände in den Taschen.

»Wo ist Bogdan?«, fragte ich Habich.

»In der Zentrale, bei Marienfeld und den Kollegen. Dass wir die Presse nicht verhindern konnten, ist natürlich Mist. Keine Ahnung, wie die das mitgekriegt haben. Das ist immer wieder dasselbe: Wenn mehr als vier Leute was wissen, wissen es bald auch vierzig oder vierhundert – oder vierhunderttausend, wenns in die Zeitungen kommt. Als wir ihn aufgegriffen haben, gestern Nachmittag, etwa eine Stunde nachdem die Frau bei uns angerufen hatte, waren schon zwei Fotografen da. Stellen Sie sich das vor! Wenn ich das von den Kollegen richtig verstanden hab, hat er sich auch auf dem Friedhof rumgetrieben, was er da wollte, wissen wir noch nicht. Sagt Ihnen der Name was? Bogdan?«

»Vielleicht«, sagte ich. »Bei Ermittlungen habe ich einmal einen Stadtstreicher getroffen, der so hieß.«

»Wollen Sie mit Marienfeld sprechen? Er ist schon im Dienst. Ferneck hat ihn grad in der Leitung. Wir müssen wissen, wie wir jetzt mit Krapp weiter verfahren. Er steht unter Beobachtung, er ist definitiv nicht sauber.«

»Er behauptet, er hat ein Gewehr«, sagte ich.

»Hat er einen Waffenschein?«

»Natürlich nicht.«

»Guter Grund, ihn mitzunehmen«, sagte Habich. »Unter den gegebenen Umständen.«

»Meinem Eindruck nach hat er mit dem Verschwinden des Mädchens nichts zu tun.«

»Ehrlich? Glauben Sie das? Haben Sie mit ihm gesprochen? Sicher, die ganze Nacht!« Er lachte fast. Schlagartig wurde er wieder ernst. Dann drehte er unmerklich den Kopf zum Auto und deutete mir an ihm zu folgen. Nach ein paar Schritten sagte er mit gesenkter Stimme: »Ich bin absolut Ihrer Meinung, der Kerl ist ein Wichtigtuer, ein Schwätzer. Möglicherweise war er zum richtigen Zeitpunkt am richtigen Ort, aus unserer Sicht, blöderweise wie hundert andere auch. Ein Strohhalm für den Marienfeld. Und jetzt dieser Bogdan. Das ist ja lustig, dass Sie den kennen!«

»Vielleicht«, sagte ich.

»Das ist fürchterlich mit dem Mädchen«, sagte Habich. Er nickte in Richtung Auto, und wir machten kehrt. »Für die Eltern, die Familie, für das Dorf, und für uns. Wir sind die Versager. Haben Sie sowas schon mal erlebt? Dass Sie ein verschwundenes Kind nicht finden konnten?«

»Nein«, sagte ich.

»Wieso sind Sie eigentlich nicht in der Soko? Das wär doch ein Fall für Sie.«

»Ich bin nicht gefragt worden.«

»Wollen Sie in die Soko einsteigen? Ich kann nichts entscheiden, aber wenn ich Marienfeld darauf ansprech ...«

»Er macht seine Arbeit«, sagte ich.

»Wenn Sie meinen ...« Habich bückte sich zum Wagenfenster. »Was Neues, Rolf?«

»Bogdan schweigt«, sagte Ferneck.

»Bogdan schweigt«, wiederholte Habich und gab mir die Hand. »Möglicherweise sollten Sie mit ihm sprechen.«

»Vielleicht«, sagte ich.

Noch einmal blickte ich durch das Seitenfenster. Martin saß in der Mitte der Rückbank, den Kopf auf der Brust, und schlief.

»Wegen Krapp und seinem Gewehr sagen wir den Kollegen hier Bescheid, die sollen das erledigen«, sagte Habich und stieg ein.

Ich wartete, bis der Wagen am Ende der Dorfstraße verschwunden war. Dann ging ich zum Zaun, der das schmale Grundstück vom Bürgersteig trennte, lehnte mich dagegen, legte den Kopf in den Nacken und schloss die Augen. In meinem Kopf begann kein neuer Tag. Sondern eine uralte Nacht.

In der Nacht, in der ich so viel Bier getrunken hatte, dass ich mich übergeben musste, lief ich dieselbe Straße hinunter wie jetzt. Um mich herum eine wirbelnde Welt, in mir ein Finsternis spuckender Vulkan. Und wie eine tönende Schleppe zog ich die Lieder hinter mir her, die Hilmar, der Wirt der Kneipe, die heute »Bei Sissi« hieß, den ganzen Abend gespielt hatte. Ich stolperte. Ich hielt mir den Bauch. Ich war sechzehn und Bewohner eines Palastes, der statt aus Wänden aus Wunden bestand. So wahrhaftig ich litt, so inbrünstig zelebrierte ich mein Leiden, es gefiel mir, dass ich von nun an mit meiner Einsamkeit hausieren gehen konnte, ohne als schwärmerischer Jugendlicher zu gelten. Es war ein wallendes Gefühl, mir vorzustellen, jeden Morgen mit einer Aura von Verlorenheit das Klassenzimmer zu betreten und mich in die letzte Reihe zu setzen und zu schweigen, mit verschatteten Augen und unbeholfenen Gesten, als überforderten und beängstigten mich die Dinge der Welt, das Aufschlagen des Buches zum Beispiel, das Heben des Armes, das Dastehen mit verschränkten Armen auf dem Pausenhof, Kopf im Nacken, die Augen geschlossen.

Es war eine einzige, einmalige Chronik, die ich in jener Nacht Schritt für Schritt in mir schuf, ein Lebenswerk, der Beweis für mein lächerliches Umherirren, als befände ich mich allen Ernstes auf der Suche nach dem Menschen, der mir durch sein vollkommen überraschendes, unerklärliches Verschwinden die Fähigkeit, jemanden zu vermissen, geraubt hatte. Denn was er zurückließ, war für mich von einer solch unerschütterlichen Endgültigkeit, dass jede Form von Zuversicht in Gedankenblubbern unterging. Über dem Stuhl in der Küche, wo er mir zuvor über den Kopf gestreichelt und geweint hatte, hing die Lederjacke meines Vaters, und auf dem Tisch lag ein Brief, der im Wesentlichen einen Satz enthielt, dessen Raunen mich jahrelang verfolgen und mich in manchen Augenblicken zu einer fast hysterischen Erwartungshuberei verführen sollte. Dann bildete ich mir ein, mein Vater habe mir damals, an jenem zweiundzwanzigsten Dezember, eine Botschaft hinterlassen, die zu entschlüsseln mir erst als Erwachsener gelingen und die schlagartig jeden Zweifel, jede Wut, jede Verlassenheit von mir nehmen würde. Anderntags lachte ich mich aus und schlug nur noch heftiger auf die Bongos in dem Zimmer ein, das ich gelb gestrichen und mit Ausnahme eines Stuhls und der Trommeln leer gelassen hatte.

Jetzt, am Morgen des zweiten Juli, unter einem Himmel voller blauenden Versprechungen, hörte ich die Stimme meines Vaters wie in jener Nacht, in der ich unendlich schmerzhaft begriffen hatte, wer ich in Wirklichkeit war. Nämlich ein Niemand. Niemandes Kind, niemandes Herzensbewohner mehr, ein Hinterbliebener, ausgesetzt an einem See, der einen Fremden spiegelte, einen, den ich nicht wiedererkannte, obwohl ich von ihm schon oft übel beleidigt wurde, wenngleich es so viele Jahre her war, seit ich als Kind ungeniert ins Wasser gepinkelt hatte.

Wie damals redete ich auch heute mit dem See und er mit mir, und ich hockte auf der niedrigen Steinmauer, die sich nicht verändert hatte, dasselbe Moos, dieselbe wettergegerbte Musterung, und sah hinüber zu den Bergen und hörte wie ein hämisches Echo die Stimme meines Vaters. *Gott ist die Finsternis und die Liebe das Licht, das wir ihm schenken, damit er uns sehen kann.* Ob mein Vater an Gott glaubte, wusste ich nicht, in die Kirche ging er selten, vielleicht an Weihnachten, um die Krippe zu bewundern und für meine Mutter eine Kerze anzuzünden, und zu Hause sprachen wir nie ein Gebet. Welche Liebe meinte er, und wenn Gott finster war, wie sollte er uns dann überhaupt wahrnehmen? Fing Gott erst zu existieren an, wenn wir ihn liebten? Oder einen Menschen? Oder ein Tier? Oder die Natur? Hast du heut schon an Gott gedacht?, fragte ich den See, und er antwortete: Hab ich vergessen. Ich auch, sagte ich, und er: Wenn du so weitermachst, krepieren mir noch meine Forellen, die vertragen Salzwasser nicht. Ich wischte mir über die Augen, aber sie waren immer noch nass. Und ich presste die Hände flach auf mein Gesicht, und Rotz lief mir aus der Nase. Und als ich die Hände wegnahm, heulte ich noch mehr.

»Kann ich Ihnen helfen?«, sagte eine Stimme hinter mir. Ich drehte mich um und sah eine Frau in einem beigen Leinenkleid und einer hellblauen Jacke, die einen Meter von mir entfernt stand.

»Alles okay?«, sagte die Frau.

»Ja«, sagte ich. »Ich war die ganze Nacht wach, und jetzt kriege ich meine Erinnerungen nicht los.«

»So wie ich.« Die Frau kam näher, und ich erhob mich. »Bleiben Sie doch sitzen. Ich konnt auch nicht schlafen ... Schreckliche Nacht ... Und ...«

Kleine Falten durchzogen ihr rundes Gesicht, ihre Lippen wirkten rissig und blass, ihre roten Haare, die gefärbt aussahen, hatte sie mit einem Tuch zusammengebunden, aber sie wirkten trotzdem ungekämmt und ungewaschen. Wenn ich mich nicht täuschte, zitterte sie, und sie bemühte sich, es nicht zu zeigen. Mit verschränkten Armen stellte sie sich neben mich und starrte wie vorhin ich zu den Bergen hinüber.

» ... Und die Nacht ist noch nicht zu Ende«, sagte sie.

»Noch lang nicht, wie ich fürchte. O Gott ...«

»Kann ich Ihnen helfen?«, sagte ich.

»Das glaub ich nicht. Sind Sie von hier?«

»Ich bin hier geboren und aufgewachsen. Tabor Süden.«
»Der Polizist!« Überrascht drehte sie den Kopf zu mir. »So ein Zufall. Guten Morgen!« Sie hielt mir die Hand hin. »Lotte Feininger.«
»Guten Morgen, Frau Feininger.«
Sie sah mich an und dann mit einer entschiedenen Kopfbewegung wieder über den See.
Das Wasser schlug leise gegen die Pfähle des Stegs. Das monotone, versöhnliche Plätschern passte wie ein Rhythmus zum Singsang der Vögel. Kein Auto fuhr vorüber. Manchmal glaubte ich, Stimmen zu hören, vielleicht aus einem Radio, aus einem offenen Fenster. Bald würde die Sonne aufgehen. Und ich würde mit Marienfeld sprechen. *Bogdan schweigt.* Ich musste zu ihm. Ich wollte zu ihm. Ich wollte ihn fragen, ob er der Mann war, der damals einen unverständlichen Brief geschrieben und eine nach Rasierwasser riechende Lederjacke zurückgelassen hatte.
Und wenn er ja sagte?
»Ja?«, sagte Lotte Feininger.
»Ja?«
»Sie haben was gemurmelt, das hab ich nicht verstanden.«
»Vorbei«, sagte ich.
»Sie haben von mir gehört, oder?«, sagte sie.
Ich sagte: »Das geht mich nichts an.«
Plötzlich wandte sie sich um und sah nachdenklich zum Parkplatz oberhalb der Böschung. »Hier ist die kleine Anna verschwunden.«

»Angeblich«, sagte ich.
»Wissen Sie was Genaues?«
»Nein«, sagte ich. »Aber es ist nicht geklärt, wo das Mädchen sich zuletzt aufgehalten hat.«
»Sie war hier verabredet«, sagte Lotte Feininger. »Da, direkt beim Kiosk.«
»Ja«, sagte ich.
Sie senkte den Kopf. Sekunden vergingen. Dann flog ein Blick über mich, und sie streckte mir die Hand hin. »Ich muss los. In einer Stunde steht meine Tochter auf. Und wenn sie weg ist, beginnt der Alptraum.« Anders als vorhin war ihr Händedruck flüchtig und weich. Mit einer hastigen Drehung machte sie sich auf den Weg zu ihrem Fahrrad, das sie am Rand des Parkplatzes an einen Baum gelehnt hatte.
»Frau Feininger«, sagte ich in ihren Rücken. »Ich würde gern mit Ihnen sprechen.«
Sie blieb stehen, wandte sich aber nicht um.
»Es geht um einen Schulfreund von mir«, sagte ich. »Und um Pfarrer Wild.«
»Der Pfarrer ist tot«, sagte Lotte Feininger.
»Ich möchte einfach gern mit Ihnen sprechen.«
»Warum denn?«
Nach einem Schweigen sagte ich: »Vielleicht wissen Sie etwas, was sonst niemand weiß.«
Langsam, wie mit größter Anstrengung und mit einem misstrauischen Zucken um den Mund, drehte sie sich zu mir um. Wieder verschränkte sie die Arme, blickte an mir vorbei zum See und schwieg.

Das Wasser schlug gegen den Steg, und ein leichter Wind kam auf.

Ich dachte an Niko, an das Gewehr, das er vielleicht besaß, an Bogdan, auf den die Kollegen unermüdlich einredeten, und an Martin, der hoffentlich in seinem Zimmer schlief. Und ich dachte an Sissi und ihre Kneipe, und an Evelins Partykeller, in dem ich mit Bibiana gesessen hatte und mich nicht traute, sie zu berühren. Und ich dachte, ich sollte gehen, weg von hier, vom See, vom Dorf, von den Erinnerungen und dieser zitternden Frau mit den verschwommenen Pupillen.

Auf einmal, in dem Moment, als die Sonne in obszöner Schönheit angesichts des gottlosen Platzes, der ein Mädchen verschluckt hatte, über den Hügel stieg, sah ich mich in der Zukunft, außerhalb der alten, todgewohnten Zimmer, in einem anderen Zimmer, vor einem Fenster mit billigen, aber sauberen Gardinen. Und ich machte einen Schritt auf die Frau zu und sagte: »Ich werde Sie nicht belästigen, ich reise ab.«

»Bitte«, sagte die Frau. »Ich sterb gleich vor Verzweiflung.«

8

Einen Tag später traf die Soko »Anna« zu ihrer letzten Besprechung zusammen.

Zur gleichen Zeit obduzierten zwei Pathologen die Leiche des zehnjährigen Mädchens und schickten am nächsten Tag – Sonntag, vierter Juli – das vorläufige Ergebnis ihrer Untersuchungen an Elmar Marienfeld und die zuständige Staatsanwaltschaft.

Am darauf folgenden Donnerstag, dem achten Juli – genau ein Jahr und drei Tage nach dem Verschwinden der Schülerin – fand auf dem katholischen Friedhof der Gemeinde Taging die Beerdigung statt. Es war ein sonniger Tag mit Temperaturen um die dreißig Grad.

Als zwei Männer in grauen Anzügen den kleinen, weißen Sarg in die Erde ließen und die Kirchenglocken aufhörten zu läuten und es auf dem Friedhof vollkommen still geworden war, hörte ich in der Menge ein kurzes Husten, dann ein Scheuern von Schuhen im Kies und schließlich die sich überschlagende Stimme einer alten Frau.

»Geh weg, du Sau!«, schrie sie.

Die Fotografen rissen ihre Apparate hoch, und ein entsetztes Raunen ging durch die Reihen der Trauernden, die erst allmählich begriffen, wen die Frau gemeint hatte. Ein Kopf nach dem anderen wandte sich um, ein Augenpaar nach dem anderen folgte dem Blick der schwarz gekleideten, zornig die Fäuste aneinander schlagenden Frau.

Aber ich ging nicht weg.

Ich ging erst, als der Priester mich bat, ihn zu begleiten, vorbei an den Reportern, die sich nicht trauten, mich anzusprechen, den Fotografen, die seit dem Aufschrei von Franziska Bergrain, der Pfarrhaushälterin, hunderte Aufnahmen von mir geschossen hatten, ohne dass es nur einem von ihnen gelungen wäre, einen Blick von mir zu erwischen, vorbei an einer Gruppe Schaulustiger, die auch noch eine Stunde nach dem Ende der Zeremonie in der Nähe des Grabes ausharrten und auf einen weiteren Zwischenfall hofften, vorbei am Abfallcontainer, dessen Deckel geschlossen war.

Beim Überqueren des asphaltierten Platzes zwischen Friedhof und Pfarrhaus warteten Fernsehteams. Eine junge Frau mit einer schwarzen Sonnenbrille im Haar, die unüberhörbar in der Gruppe der ungefähr zwanzig Journalisten am intensivsten auf ihre Kollegen eingeredet und die Vorgänge kommentiert hatte, überholte Pfarrer Ferenz und mich und stellte sich uns in den Weg. Wir waren gezwungen stehen zu bleiben.

»Herr Süden!«, rief sie, und ein Kameramann nahm mich sofort ins Visier.

Auf Wunsch von Annas Eltern, des Bürgermeisters und der Polizei waren während der Beisetzung die Fernsehteams außerhalb der Friedhofsmauer geblieben, nur deren schreibende Kollegen und die Fotografen durften in der hintersten Reihe dabei sein. Auf einer geschickt geführten Pressekonferenz, an der auch Severin Jagoda, Anatol Ferenz und ich teilnahmen, war es Marienfeld gelungen, den Reportern Zugeständnisse bei der Berichter-

113

stattung abzuringen. Nach der Entlarvung des Täters und der Entdeckung der Leiche drohte das gesamte Dorf unter einer Medienlawine begraben zu werden. Und ich, der für den Fall nicht zuständig gewesen war und ihn dennoch auf eine auch für mich überraschende und erschreckende Weise gelöst hatte, schwieg. Gab kein Interview, verweigerte jede öffentliche Aussage, antwortete auf der Pressekonferenz auf keine Frage.

In meinem Hotelzimmer, mit Blick auf die von Kühen heißhungrig gemähte, von fetten, braunen, in der Sonne verkrusteten Fladen übersäte Wiese, schrieb ich meinen Bericht, übersetzte das Chaos einer Nacht und eines Vormittags in den nüchternen Tonfall einer Kriminalakte, legte mich zwischendurch – verschwitzt, in Hose, Hemd und Schuhen – aufs Bett und weinte nach innen. Ich weinte über das Schicksal der kleinen Anna. Über das gewöhnliche Herz des Täters. Über die Unfähigkeit aller, ihn zu durchschauen. Über die gottgegebene Lächerlichkeit, das Lachen, das Singen, das Springen und das Träumen erfinden zu dürfen und für bloß zehn Jahre auf den Weg geschickt zu werden.

Dann raffte ich mich auf und schrieb meinen Bericht weiter. Und wenn ich den Kopf zum offenen Fenster hin hob, roch ich den süßen Duft des Sommers.

In jeder Aufklärung, in jedem Schließen einer lückenlosen Beweiskette lag ein Scheitern. Jedem kriminalistischen Triumph ging das Versagen einer ganzen Welt voraus, ganz egal, wie groß diese sein mochte, groß wie ein Land, wie eine Stadt, wie ein Dorf, wie ein Zimmer, wie eine Famile, eine Ehe. Um das zu begreifen, musste ich nicht vierundvierzig Jahre alt werden und fünfundzwanzig Dienstjahre hinter mich bringen.

Doch in dem Hotel, in dem ich während jener Tage der einzige Gast war, begann die Leidenschaft für meine Arbeit von mir abzufallen wie brüchige Schuppen. Jeder Gedanke an die aktuelle Vermissung verwandelte sich in eine Anklage, eine Wut, einen Klumpen Mutlosigkeit. Das Protokoll, das ich verfasste, klang sachlich, wie immer, gab die Aussagen der Zeugen so wörtlich wie möglich wieder, wie immer, meine Sätze waren gerichtsverwertbar, sie basierten auf der professionellen Auffassungsgabe und den Erfahrungen eines in einer Unmenge von Vermissungen bewährten Kriminalhauptkommissars.

Und zugleich ertrug ich immer weniger den Widerspruch zwischen der Wirklichkeit und der Wahrheit, zwischen der vorzeigbaren, scheinbar die allgemeine Ordnung erhaltenden Existenz einer abgeschlossenen Akte und der zerstörerischen Macht des Zufalls und der Gefühle. Mein Weinen war nichts als Selbstmitleid.

Und diese Erkenntnis, die in mir einen ungeahnten, unfassbaren Ekel verursachte, zwang mich, bis zu Annas Beerdigung in Taging zu bleiben und das Gegaffe der Dorfbewohner und das Geknipse der Fotografen zu ertragen.

»Herr Süden!«, rief die Reporterin vor dem Pfarrhaus. »Sie sind in Taging aufgewachsen. Hätten Sie das, was passiert ist, in Ihrem Dorf für möglich gehalten?«

Zum ersten Mal an diesem Vormittag sah ich jemandem direkt ins Gesicht.

»Kommen Sie!«, sagte Pfarrer Ferenz und nahm meinen Arm.

»Herr Süden!«, sagte die Reporterin mit einem angestrengten Gesichtsausdruck.

Ich schwieg.

»Kannten Sie den Täter?«

Entnervt gab sie ihrem Kameramann ein Zeichen, näher an mich heranzutreten. Als er einen Meter vor mir stand, verschränkte ich die Hände auf dem Rücken und bewegte mich nicht mehr. Ich starrte in die Kamera.

»Herr Süden!«, sagte die junge Frau mit der Sonnenbrille im Haar.

Ich schwieg, reglos. Anatol Ferenz zog mich wieder am Arm, aber ich reagierte nicht. Mienenlos schaute ich in die Kamera.

Hinter mir hörte ich jemanden flüstern: »Will der sich wichtig machen?«

Ich sah nicht hin.

Jemand anderes sagte: »Wer solche Hosen trägt!«

Ein Dritter: »Habt ihr das Amulett gesehen? Und die Narbe an seinem Hals? Was genau macht der bei der Polizei?«

»Kommen Sie bitte!«, sagte der Pfarrer.

Als die Kirchturmuhr die volle Stunde schlug, nickte ich Ferenz zu, und wir gingen ins Pfarrhaus.

Fünf Minuten hatte ich bewegungslos dagestanden. Und vielleicht waren die Journalisten, aufgequollen von Ratlosigkeit, nur wegen des neben mir stehenden Priesters im Ornat nicht handgreiflich geworden.

»Erzählen Sie, was Sie möchten«, sagte Ferenz.
In der Zwischenzeit hatte er sich umgezogen, er trug jetzt eine schwarze Stoffhose und einen schwarzen Pullover, und er roch nach Rasierwasser. Er hatte mir Kaffee, Cognac und Weißwein angeboten, aber ich wollte nur Wasser trinken und mich an die Wand des mit hellen, schmucklosen Holzmöbeln eingerichteten Wohnzimmers lehnen. Mir gegenüber hing ein Landschaftsgemälde, das dem in der Gaststube des »Koglhofs« glich, nur die Patina war weniger dunkel.
Der Pfarrer, der im Auftrag der Diözese vorübergehend die Gemeinde Taging betreuen sollte, war ein schlanker Mann Anfang fünfzig mit schwerfälligen Bewegungen und einem verschlossenen, auf den ersten Blick abweisend wirkenden Gesichtsausdruck. Seine eindringliche, kraftvolle Art zu sprechen und sein ruhiger, entschlossener Blick, wenn er predigte oder sich direkt an jemanden wandte, nahmen jedoch schnell für ihn ein. Die Leute glaubten ihm seine Hingabe und Anteilnahme, auch wenn sie ihn kaum kannten und ihm in Erinnerung an ihren verehrten alten Pfarrer Wild mit Skepsis begegneten.
»Erzählen Sie, was Sie möchten.« Er saß mit gefalteten Händen am Tisch, ein halb volles Glas Weißwein vor sich, ruhig und konzentriert, ohne Anzeichen von Erschöpfung nach der fast zweistündigen Beerdigungsfei-

erlichkeit, an der mindestens fünfhundert Menschen teilgenommen hatten.
»Ich verstehe nicht«, sagte ich und wunderte mich, dass ich ausgerechnet daran dachte, »wie ich es in der Menge ausgehalten habe. Normalerweise wäre ich vor Beklemmung schreiend davongerannt.«
Ferenz betrachtete mich eine Weile.
»Sie wollten nicht weglaufen«, sagte er. Sein Blick ruhte auf mir, während er am Weinglas nippte, ehe er es abstellte.
Wir schwiegen. Durchs Fenster, das auf den hinteren Teil des Grundstücks ging, drang das Geräusch anfahrender Autos. Wenn ich mich ein wenig vorbeugte, konnte ich am Rand der Wiese einen Teil eines rotweißen Plastikbandes erkennen. Ich schaute nicht länger hin.
An den Rändern der Stille, die das Zimmer erfüllte, klangen die Gesänge des Chores nach, das Schluchzen aus den Bänken, das Knirschen auf Kies, das Klicken der Fotoapparate, die Stimmen der Betenden, das Zwitschern der Vögel, das Läuten der Glocken, der Wutschrei von Franziska Bergrain.
Ferenz räusperte sich. »Möchten Sie sich nicht doch setzen?«
»Nein«, sagte ich.
»Ihre Kollegen haben mir berichtet, Sie seien ebenso erfolgreich wie eigenartig, und obwohl Sie ungern Fragen stellen, würden Ihnen die Leute nach kurzer Zeit ihr halbes Leben beichten. Ist das wahr?«
Ich sagte: »Wem sollten sie es sonst beichten?«

»Mir zum Beispiel«, sagte Ferenz und wirkte nicht heiter dabei, eher grüblerisch.

»Nein«, sagte ich. »Sie beichten ja keine Sünden.«

»Sondern?«

»Sondern ihr Alleinsein, für das sie sich schämen.«

»Das Alleinsein des Mörders«, sagte Ferenz.

»Das ist der Unterschied zwischen uns«, sagte ich. »Ich bin nicht da, um zu vergeben, so wenig ich da bin, um zu verurteilen. Ich höre zu. Danach schreibe ich einen Bericht, und mein Auftrag ist beendet.«

»Und dann?« Ferenz sah mich unentwegt an. »Sind Sie dann fertig damit? Was tun Sie mit den Aussagen eines Mörders, wenn Sie allein sind?«

»Ich bin für Mörder nicht zuständig«, sagte ich. »Ich suche Verschwundene.«

»Sie weichen mir aus.«

»Ja«, sagte ich.

Vorwurfslos teilte er mein Schweigen. Aus Versehen – vielleicht, weil das Licht mich verlockte – sah ich zum Fenster.

Und als wolle er mir Beistand leisten, wandte der Priester ebenfalls den Kopf dorthin.

»Ich sollte gehen«, sagte ich.

»Wohin?«, sagte Ferenz.

»Zurück nach München.«

»Zu Frau und Kind?«

Ich sagte: »Ich bin nicht verheiratet, ich habe keine Kinder.«

»Eine Freundin.«

»Ja.« Und weil ich nicht wollte, dass er mein Schweigen als Wichtigtun empfand, sagte ich: »Wir sind gerade auf Abstand.«
»Sie sind auf Abstand.«
»Ja«, sagte ich.
»Weil Ihr Beruf Sie zu stark mitnimmt, noch zu Hause, auch wenn Sie Ihre Berichte längst geschrieben und abgegeben haben, horchen Sie immer noch nach.«
»Vielleicht«, sagte ich. Mein Wasserglas stand auf dem Tisch, ich hätte gern daraus getrunken, aber ich wollte die Wand nicht verlassen, die angenehme Empfindung nicht unterbrechen, die der Druck meiner Hände gegen die kühle Tapete in mir auslöste.
»Sprechen Sie mit Ihren Kollegen darüber?«, sagte Ferenz.
»Mit einem oder zwei. Manchmal. Immer weniger.«
»Warum immer weniger?«
»Ich weiß es nicht.«
»Wo ist Ihr Freund, der mit Ihnen hier war?«
»Zurück im Dezernat. Wir haben einen neuen, schwierigen Fall.«
»Die verschwundene Tochter des Showmasters?«
»Ich müsste längst bei meinen Kollegen sein. Ich habe darauf bestanden, an der Beerdigung teilzunehmen.«
»Das war richtig«, sagte Ferenz. »Was die Reaktion der guten Frau Bergrain betrifft ...«
»Ich möchte jetzt nicht darüber sprechen«, sagte ich.
»Sie haben Recht. Wie lange sind Sie schon bei der Polizei?«

»Seit dem Ende meiner Jugend.«
»Und Sie bleiben bis zum Ende Ihres Berufslebens?«
Ich schwieg.

Am wenigsten hätte ich erwartet, im selben Jahr noch einmal nach Taging zurückzukommen, und nicht etwa, um einen weiteren Vermisstenfall zu bearbeiten, was seltsam genug gewesen wäre, sondern um mich zu verkriechen, zu verschwinden, unerreichbar zu sein. Um anzufangen, Abschied zu nehmen. Von den Spurrinnen der vergangenen zwei Jahrzehnte im Dezernat 11. Von den Vorstellungen, die ich von Vermissung zu Vermissung in der irren Hoffnung angehäuft hatte, ich würde beim nächsten Mal die Lüge schon am Atem des Lügners erkennen und könnte kraft meines Talents, meiner Erfahrungen, meiner Intuition und meiner zungenlösenden Schweigefähigkeit das Schlimmste verhindern. Ich konnte es nie. Nie in tausend Fällen, nicht ein einziges Mal.
Ich fand Verschwundene, ich brachte die verstocktesten Zeugen zum Sprechen und sprengte stählerne, unterirdische Familienverliese. Ich rekonstruierte Biografien aus nichts als Gestammel. Ich holte Kinder aus den Folterkammern ihres Hasses und ihrer Verlorenheit. Ich horchte Wände ab nach dem Wimmern von Liebenden, die sich gegenseitig einbetoniert hatten, weil sie vielleicht – aus Ichversessenheit oder weil sie sich ungeschickt anstellten – dem donnernden Glück nicht gewachsen waren, das wie aus heiterem Himmel über sie gekommen war.

Ich verbrachte ganze Nächte an der Seite von Unsichtbaren und ging nicht eher weg, bis sie sich redend, weinend, trinkend, rauchend, verfluchend und schreiend endlich wiedererkannten und ihr Gesicht in die Morgenluft hielten, als würden sie in einen erlösenden Spiegel schauen. Ich verfasste Unmengen von positiven Berichten und sehr beruhigenden Statistiken. Aber das Schlimmste habe ich nie verhindert. Das Schlimmste trat einfach ein und ließ mich als mickrigen Beamten zurück, der sein Gehalt weiterbezog, weil das Schlimmste darin inbegriffen und damit abgegolten war.
Wenn ich ein einziges Mal das Schlimmste hätte verhindern können, säße ich vielleicht jetzt nicht hier.
Vielleicht wäre ich weiter den Spurrinnen gefolgt, reichlich selbstbewusst. Vielleicht wäre ich in die Annalen der Kriminalgeschichte eingegangen und meine Arbeitsweise polizeischultauglich geworden. Vielleicht hätte ich Sonja Feyerabend geheiratet, und wir hätten jeden zweiten Feierabend gemeinsam mit unserem besten Freund Martin Heuer im Kino verbracht oder in einem Gasthaus, die Gläser wie Zepter schwingend, mächtig anwesend und überzeugt von Unsterblichkeit, wie Könige.
Aber ich habe das Schlimmste nicht verhindert.
Ist mir nicht geglückt.
Und ich habe Sonja Feyerabend nicht geheiratet.
Und ich habe Martin Heuer nicht retten können.
Ich bin allein hier.
An einem Ort, den niemand kennt.

Wie damals in Taging sitze ich vor einem offenen Fenster, denn draußen geht die Sonne um.

»Werden Sie Ihre Freundin heiraten?«, fragte Anatol Ferenz.
Ich antwortete nicht.
»Ist sie auch Polizistin?«
»Ja.«
Er trank, leckte sich die Lippen und zog die Stirn in Falten. »Schmeckt, als hätte ein Dilettant Wasser in Wein verwandelt.«
»Glauben Sie an Gott?«, sagte ich. Diese Frage wollte ich ihm schon die ganze Zeit stellen, ich wusste nicht, was ich damit bezweckte, sie ging mir nicht aus dem Kopf, ich erwartete eine Antwort, unbedingt.
»Eigenartig«, sagte er. »Das Gleiche wollte ich Sie auch gerade fragen.« Er stellte das Glas ab, drehte es einmal im Kreis, schob es von sich weg. »Im Übrigen sind Sie der Erste, der mir diese Frage stellt, nicht mal der Bischof, der mich geweiht hat, und keiner meiner Kollegen konfrontierte mich je mit so einem Gedanken. Jetzt, da Sie das gesagt haben, wundere ich mich, dass noch keines der Kinder, die ich unterrichte, auf die Idee gekommen ist. Ist das nicht die Frage eines Kindes an einen Priester?«
»Vielleicht«, sagte ich.
»Ja«, sagte er. »Ich glaube an Gott. Wenn ich es nicht täte, wär ich hier verkehrt. Und nun sind Sie dran. Glauben Sie an Gott?«

»Manchmal«, sagte ich wie schon oft. »Wenn es mir gut geht.«
»Und wenns Ihnen schlecht geht?«
»Dann versuche ich, an mich zu glauben.«
»Sind Sie katholisch?«
Ich sagte: »Ich zahle Kirchensteuer.«
Er schwieg eine Zeit lang. »Hätte das Mädchen gerettet werden können?«
»Nach dem Stand der Ermittlungen war sie nicht zu retten«, sagte ich.
»Nach dem Stand der Ermittlungen war sie nicht zu retten«, sagte Ferenz, ohne mich nachzuahmen, er sagte den Satz teilnahmslos, sachlich. »Sie haben Worte, um sich selbst nicht auszuliefern.«
»Wie Sie«, sagte ich.
»Wir haben nichts anderes als Worte«, sagte Ferenz.
»Ja«, sagte ich. »Worte, Umarmungen und das Winken.«
»Das Winken?« Er hob den Kopf, seine Augen waren groß und dunkel.
Ich sagte: »Als mein Vater unser Zuhause verlassen hat, hier in Taging, schaute ich aus dem Fenster, und er drehte sich auf der Straße noch einmal um und winkte. Er konnte mich hinter der Gardine nicht sehen, er winkte nur so, vielleicht winkte er dem Haus, dem Garten, einer Erinnerung. Seither beobachte ich jedes Winken, auf der Straße, am Bahnhof, irgendwo.«
»Und hoffen, dass Ihr Vater umkehrt«, sagte Ferenz. »In Ihrer Vorstellung.«

»Ich hoffe nicht mehr«, sagte ich. »Sprechen wir über das Verbrechen an dem kleinen Mädchen.«
»Über den Verbrecher«, sagte er.
»Sagen Sie mir, warum er es getan hat.«
»Es gibt keine Rechtfertigung«, sagte Anatol Ferenz. »Offensichtlich hatte er jedes Vertrauen in Gott verloren.«
Ich sagte: »Oder Gott das Vertrauen in ihn.«

9

»Beten hilft nichts«, sagte Volker Thon, der Leiter der Vermisstenstelle, in der ich zwölf Jahre lang als Hauptkommissar arbeitete. »Entweder wir finden die junge Frau innerhalb der nächsten achtundvierzig Stunden, oder wir müssen damit rechnen, dass die Entführer sie töten. Bringt der Vater das Geld auf?«

Unmittelbar vor dem am Starnberger See gelegenen Grundstück des Showmasters Ronny Simon war die zweiundzwanzigjährige Tochter Lucia von Unbekannten in einen Lieferwagen gezerrt und verschleppt worden. Am Abend desselben Tages tauchte auf dem Bavaria-Filmgelände, wo regelmäßig Simons Live-Shows stattfanden, ein Brief auf, in dem eine Million Euro Lösegeld für die Freilassung des Mädchens gefordert wurden. Sollte Simon das Geld nicht bezahlen, würde Lucia sterben.

Drei Tage nach der Entführung, am Samstag, dem zehnten Juli, nahm ich zum ersten Mal an einer Besprechung der Sonderkommission teil, die zunächst aus zwanzig Kollegen bestand. Später arbeiteten rund sechzig Kommissarinnen und Kommissare rund um die Uhr an dem Fall, und im Lauf der folgenden vier Monate wuchs die Gruppe auf einhundertzwanzig Mitglieder an, von denen nur ein Teil aus dem Dezernat 11 stammte.

Unser Dezernat bestand neben der Vermisstenstelle, dem Kommissariat 114, aus vier weiteren Abteilungen, der Mordkommission, dem K 112 (den Todesermittlern, die unter anderem für tödliche Betriebsunfälle und Selbsttötungen zuständig waren), der Brandfahndung, die sich auch um Umweltdelikte kümmerte, sowie dem K115, der operativen Fallanalyse, deren Spezialisten Täterprofile erstellten und modernste Vernehmungstaktiken anwendeten.

Heute befinden sich sämtliche Kommissariate unter dem Dach des Polizeipräsidiums in der Münchner Ettstraße. Als letzte Abteilung zog damals die Vermisstenstelle aus dem trostlosen Sechzigerjahregebäude gegenüber dem Hauptbahnhof in die Innenstadt um. Zu diesem Zeitpunkt saß ich bereits in diesem Hotelzimmer.

Die Vermissung der Lucia Simon konfrontierte uns von Anfang an mit einer Übermacht an Öffentlichkeit.

»Engelchen« – so nannten die Medien die angehende Schauspielerin wegen ihrer blonden Locken und grazilen Erscheinung, ihres scheinbar schwebenden Gangs und der Sanftmut ihres Blicks – war in jüngster Zeit auf jeder Party erschienen, und die Fotos füllten anschließend die Klatschspalten. Sie spielte die Hauptrolle in einer neuen Fernsehserie und galt als hoch talentiert. Jahrelang assistierte sie ihrem Vater in dessen Show, half den prominenten Gästen bei den Aufgaben, die sie zu lösen hatten, fing an zu singen und zu steppen, nahm Schauspielunterricht und trat in Krimiserien auf. Ihre lässige, unaufdringliche Art, das Publikum zu umgarnen, und ihr soziales Engagement außerhalb des Fernsehens, vor allem im Bereich der Krebshilfe für Kinder und Jugendliche, verschafften ihr Respekt und Bewunderung. Nach und nach hatte sich die junge Frau aus dem Schatten ihres populären Vaters geschält. Die erwähnte Hauptrolle in einer als anspruchsvoll geltenden und nach Meinung vieler Kritiker über dem üblichen Durchschnitt liegenden Serie sollte den Beginn einer ernsthaften Karriere markieren. Wenige Stunden nachdem die Entführung bekannt geworden war, häuften sich auf dem Bavaria-Filmgelände Blumensträuße und Briefe des Mitgefühls, Fernsehteams aus dem gesamten deutschsprachigen Raum reisten nach München und belagerten nicht nur das Haus der Familie am Starnberger See, sondern auch das Dezernat 11 in der Bayerstraße.

Obwohl die meisten Kollegen aus der Soko »Lucia« Erfahrung mit komplizierten Vermissungen und im Umgang mit der Presse hatten, versuchte jeder von ihnen nach spätestens drei Tagen, den Kontakt zu Journalisten strikt zu vermeiden. An den täglichen Pressekonferenzen, die Volker Thon und Dezernatsleiter Karl Funkel wegen des riesigen Andrangs in das gegenüberliegende »Intercity Hotel« verlegt hatten, nahmen außer den beiden nur Paul Weber, der älteste Kommissar der Vermisstenstelle, Sonja Feyerabend, Rolf Stern, der Chef der Mordkommission, und ich teil. Und mit jedem Tag wurden die Fragen drängender, aggressiver, lauter.

»Wie ist das zu verstehen, dass auf dem Erpresserbrief keine Spuren zu finden sind? Auf welcher Schreibmaschine oder welchem Computer wurde er denn geschrieben?«

»Das wissen wir noch nicht«, sagte Volker Thon. Bei ihm kam – abgesehen von dem üblichen Grunddruck bei einem derartigen Fall – erschwerend hinzu, dass er dazu neigte, jedem Medienvertreter die übelsten und hinterhältigsten Absichten zu unterstellen. Noch mehr als sonst musste er sich zusammenreißen, nur schwer gelang es ihm, die Antwort auf eine Frage, die ihm missfiel, zu unterdrücken und das Wort an Funkel weiterzugeben.
»Wann findet denn nun die Geldübergabe statt?«
»Haben Sie immer noch keinen Zeugen, der irgendwas gesehen hat?«
»Seit vier Tagen erzählen Sie uns dasselbe!«
»Glauben Sie, dass die junge Frau noch lebt?«
»Ja«, sagte Thon. Wie immer war er, im Gegensatz zu uns anderen, auffallend modisch gekleidet. Er trug ein dunkles Sakko, ein dunkelblaues Seidenhemd mit Halstuch, eine Leinenhose und sauber geputzte Lederschuhe. Wenn er nachdachte oder etwas Wichtiges mitzuteilen hatte, rieb er sich die Hände, als habe er sie soeben eingecremt. In regelmäßigen Abständen kratzte er sich mit dem Zeigefinger am Hals, eine Geste, die Sonja überhaupt nicht leiden konnte. Sie hielt ihn für selbstgefällig und karrieregeil, ich dagegen sah in ihm gelegentlich eine Art Gegenentwurf zu meinem eigenen Leben. Er verbreitete Optimismus, er war fähig, eine Gruppe zu leiten, und nannte seine Abteilung eine »Mannschaft«, in der Einzelgänger »wie beim Fußball« nur auf bestimmten Positionen und dosiert eingesetzt von Vorteil für alle seien. Im Gegensatz zu den anderen Kommissaren des Dezernats

hatte er eine intakte Familie, und ich wusste, wenn er sich sonntags an den gedeckten Frühstückstisch setzte, umringt vom Chaos seiner Kinder Claudine und Sebastian, während seine Frau ihm von ihren Plänen für den Rest des Tages erzählte, empfand er so etwas wie das vollkommene Glück. Und gelegentlich beneidete ich ihn darum.

»Woher wollen Sie wissen, dass die junge Frau noch lebt? Haben die Entführer Ihnen Hinweise gegeben, die Sie uns vorenthalten?«

»Nein«, sagte Karl Funkel mit ruhiger Stimme. »Die Entführer wollen das Geld, und sie werden es bekommen. Herr Simon tut alles, um das Leben seiner Tochter zu retten, genau wie wir.«

»Aber eine konkrete Spur haben Sie noch nicht!«

»Sie verhandeln seit einem Monat mit den Kidnappern, und nichts passiert!«

»Stimmt es, dass die Familie Simon ein Privatunternehmen beauftragt hat, nach ihrer Tochter zu suchen?«

»Das stimmt nicht«, sagte Funkel. »Sie spielen auf die Tätigkeit von Herrn Talhoff an, der einen privaten Sicherheitsdienst leitet und ein enger Freund der Familie Simon ist. Seine Aufgabe besteht vor allem darin, das Grundstück vor Übergriffen zu schützen ...«

»Er befragt Leute, er sucht mit seinen Mitarbeitern das Bavaria-Filmgelände und den umliegenden Wald ab!«

»Das haben wir längst selbst getan, das wissen Sie doch!« Funkel rieb an der schwarzen Klappe über seinem linken Auge. »Bitte begreifen Sie, wir sind auf Ihre Mithilfe angewiesen, wir enthalten Ihnen keine Erkenntnisse vor, das können wir doch nicht riskieren!«

Wenn Karl Funkel die Wahrheit auch nur streifte, klang er vertrauensvoll und aufrichtig. Natürlich basierten unsere Ermittlungen auch auf Spuren, die wir nicht veröffentlichten, eine Reihe neuer Hinweise und Zeugenaussagen blieben ausschließlich der Soko vorbehalten, zumal wir im Fall Lucia zunehmend von Tätern aus dem unmittelbaren Umfeld der Familie Simon ausgingen und diese unter keinen Umständen durch leichtfertige öffentliche Bemerkungen misstrauisch machen durften. Trotzdem fehlten uns eindeutige Beweise.

»Wann findet die Geldübergabe statt?«

»Dämliche Frage!«, blaffte Thon.

»Innerhalb der nächsten sechsunddreißig Stunden«, sagte Funkel. Thon kratzte sich mit dem Finger am Hals und blickte abweisend in den Saal.

Seit elf Jahren leitete Karl Funkel das Dezernat. Er war dreiundfünfzig, nicht verheiratet und hatte eine Weile mit Sonja in der Elisabethstraße zusammengelebt, bevor sie sich im Urlaub zerstritten und unmittelbar nach ihrer Rückkehr den gemeinsamen Haushalt auflösten. Sonja zog in eine kleine Wohnung im nördlichen Stadtteil Milbertshofen, Funkel blieb in Schwabing, wo er jeden Sonntag den Gottesdienst in der Josephskirche besuchte. Der Angriff eines drogensüchtigen Dealers, bei dem Funkel sein Auge verlor, hatte ihn nicht dazu bringen können, den Polizeidienst zu quittieren. Auf ausdrückliche Weisung des Ministers leitete er weiter das Dezernat,

wenn er auch nur noch selten Tatorte in Augenschein nahm. Für das Licht der Welt, sagte er gelegentlich, habe er nur noch ein Auge, und das genüge ihm, und der Welt sowieso. Wie viele von uns war er im Grunde mehr aus Bequemlichkeit und Ratlosigkeit und um keinen Wehrdienst leisten zu müssen zur Polizei gegangen, Karriere interessierte ihn wenig. Doch als er die Chance erhielt, in den gehobenen Dienst zu wechseln, nahm er sie ebenso wahr wie Martin Heuer und ich. Gegen den Widerstand einiger Kollegen hatte er Volker Thons Bewerbung um die Leitung der Vermisstenstelle unterstützt und dessen Ernennung durchgesetzt. Im Sommer trafen Martin, Funkel und ich uns oft auf ein Bier, wir waren Freunde geworden und blieben es auch, als meine Nähe zu Sonja begann. Ab und zu verteidigte Funkel meine Arbeitsweise gegenüber Thon, und ich revanchierte mich dann mit ein paar Wochen perfekt inszenierter Teamfähigkeit.
»Wir würden gern Ihre Einschätzung der Lage hören, Herr Süden!«
Ich sagte: »Eine Einschätzung ist nicht nötig, Sie kennen die aktuellen Fakten, jeder von uns hat in der Soko seine spezielle Aufgabe, die wir rund um die Uhr erfüllen. Wir werden die junge Frau finden.«
»Sie sind bekannt als besonders spezieller Fahnder, Herr Süden, was ist für Sie diesmal anders als sonst?«
»Zu viel Lärm drum herum«, sagte ich. »Und zu viel Lautlosigkeit im Innern.«
»Was meinen Sie mit zu viel Lautlosigkeit?«
Ich schwieg.

»Was hast du denn damit gemeint?«, fragte mich Funkel eine halbe Stunde später in seinem Büro.
»Wir sollten jemanden ab sofort observieren«, sagte ich.
»Wen?«, sagten Funkel und Thon fast gleichzeitig.

»Kaum geh ich zu meinen Eltern, schon klärst du einen Fall, der seit einem Jahr ungeklärt ist.« Martin blies den Rauch seiner Salemohne aus der Nase und hob sein Bierglas. »Möge es nützen!«
Ich stieß mit meinem Wasserglas an. Wir saßen am Fenster der Gaststube, dort, wo die beiden Männer in der Nacht Karten gespielt hatten. Auf die Terrasse des »Koglhofs« brannte die Sonne herunter.
»Jetzt wirst du noch berühmter«, sagte Martin.
Ich schwieg.
»Große Leistung, Tabor.«
»Ich habe nichts getan«, sagte ich. »Nur zugehört.«
»Wer kann das schon?«, sagte Martin und trank und zog an der Zigarette. Grau und übermüdet saß er mit übereinander geschlagenen Beinen gekrümmt da, Schweiß auf der Stirn. Seine Jacke hatte er nicht ausgezogen, aber immerhin aufgeknöpft. »Mein Vater hat sich nach Willi und Lisbeth erkundigt, ich hab ihm gesagt, du hättst lang nicht mehr von ihnen gesprochen.«
»Seit sie nach Tschechien gezogen sind, telefonieren wir höchstens einmal im Jahr«, sagte ich.
»Gehts ihnen gut da? In der alten Heimat?«
»Ja«, sagte ich. »Sie leben ja nicht in dem Dorf, aus dem

133

Lisbeth und meine Mutter stammten, sondern direkt in Prag. Sie haben ihre Liebe zur Großstadt entdeckt.«
»Zu Kafka und zum Tourismus auch?«
»Vielleicht«, sagte ich.
Wir schwiegen.
Ich bemerkte, wie Irmi uns vom Tresen aus beobachtete. Anscheinend merkte sie, dass es besser war, uns nicht zu stören.
Für einige Momente fielen Martin die Augen zu. Dann schreckte er auf, stöhnte, trank hastig einen Schluck Bier und wischte sich mit dem Arm den Schweiß von der Stirn.
»Wann kommen die Kollegen dich holen?«, sagte er.
»Sie sollten eigentlich schon da sein. Ich werde zu Fuß zum alten Feuerwehrhaus gehen.«
»Du hast sie sauber ausgebremst.«
»Zufall«, sagte ich.
»Solche Zufälle gibts nicht«, sagte Martin. »Fährst du von der Soko aus nach München?«
»Nein«, sagte ich. »Ich habe noch keine Gelegenheit gehabt, mit Annas Eltern zu sprechen. Was soll ich in München? Ich habe Urlaub.«
»Du könntest Sonja vom Flughafen abholen.«
»Ja«, sagte ich. »Wenn ich wüsste, wann sie ankommt.«
Bevor er etwas erwidern konnte, sagte ich: »Ich werde sie anrufen.«
Nachdem sich Martin eine weitere Zigarette angezündet hatte, sagte er: »Wann wollen sie nach der Leiche graben?«

Ich schaute zur Uhr über der Tür zu den Toiletten. Es war fünfzehn Uhr dreißig. »Jetzt.«
»In Anwesenheit der Presse.«
»Und ohne mich.«
»Wollte Marienfeld, dass du dabei bist?«, sagte Martin.
»Natürlich.«
Martin trank das Glas aus und hielt es an seine Wange, wie um sie zu kühlen, eine beinah zärtliche Geste. Und vielleicht wegen dieser Handbewegung oder weil ich daran dachte, was in diesem Moment nicht einmal zwei Kilometer von uns entfernt passierte, legte ich den Arm um Martins Schulter und beugte mich zu ihm hin, als wolle ich ihm etwas Schönes zuflüstern.
»Wir bringen nie Glück«, sagte ich. »Wo wir auftauchen, ist alles schwarz. Wir halten unsere Funzeln hin und merken nicht einmal, dass das Schwarz drum herum auf diese Weise nur noch schwärzer wird.«
Martin nahm das Glas von der Wange und hob den Arm hoch, damit Irmi ihn bemerkte und ihm ein frisches Bier brachte. »Wir werden dafür bezahlt, unsere Funzeln ins Dunkel zu halten«, sagte er. »Und du bist heute der Oberfunzelhalter, also rasier dich lieber mal, bevor du an die Öffentlichkeit trittst!«

»Wenn Martin in manchen Momenten nicht an meiner Seite gewesen wäre, hätte ich den Dienst schon längst quittiert«, sagte ich zu Anatol Ferenz.
»Dann passen Sie auf, dass er Ihnen nicht verloren geht«, sagte der Priester.

»Ja«, sagte ich. Und als wollte ich es beschwören, wiederholte ich: »Ja, ich werde aufpassen.«
»Sie haben noch nicht auf meine Frage geantwortet: ob Sie Ihre Freundin heiraten werden.«
Wieder gab ich keine Antwort.
»Möchte sie es?«, sagte der Pfarrer.
»Wir haben nie darüber gesprochen.«
Nach einem Schweigen sagte Ferenz: »Und jetzt wechseln Sie von einer Tragödie direkt in die nächste.«
»Vielleicht lebt die Tochter des Showmasters noch«, sagte ich.
»Ich werde auch für sie beten.«
»Möge es nützen!«, sagte ich und blickte zum Fenster. Weil ich mich aus Versehen vorgebeugt hatte, sah ich am Rand der Wiese wieder ein Stück rotweißes Plastikband, das zwischen Metallstäben gespannt war.

10

Vor etwa zwanzig Jahren hatte er im Haus Simon auf das Baby aufgepasst, zunächst mit seiner Frau, die gerade ein Kind bekommen hatte, und in den Jahren danach oft allein. Lucia schloss den bärtigen, rundlichen und wie ein Hupfball herumspringenden Mann schnell ins Herz. Als er mit Frau und Kind in den kleinen Anbau auf dem Grundstück am Starnberger See zog, verbrachte sie jeden Tag einige Stunden in seiner Wohnung, während er am Schreibtisch Gags, Pointen und Spiele für die Shows von Ronny Simon erfand und seine Ideen im Wohnzimmer oder auf der Wiese gestenreich und lautstark ausprobierte. Die beiden Familien fuhren gemeinsam in Urlaub, und als die Ehe Talhoffs auseinander zu brechen begann, kümmerten sich Ronny und Hella Simon um die Freunde, nahmen den vierjährigen Sohn vorübergehend in ihrem Haus auf, um ihn vor den immer heftiger werdenden Wortgefechten seiner Eltern zu schützen. Schließlich zogen beide aus, der Junge blieb bei der Mutter, und der Vater tauschte – nicht freiwillig – seine hauptsächlich sitzende Tätigkeit gegen einen Job ein, bei dem er ständig unterwegs und körperlich stark gefordert war.

Henrik Talhoff stieg in den neu gegründeten Sicherheitsdienst eines Bekannten ein und besuchte fortan regelmäßig ein Fitnessstudio. Er schaffte sich einen Hund an, einen Dobermann, der auf den Namen Lobo hörte.

Einen der Hauptgründe für seinen drastischen beruflichen Neuanfang lieferte Ronny Simon. Dem beliebtesten und erfolgreichsten Showmaster Deutschlands gefielen Talhoffs Konzepte nicht mehr, er fand die Witze nicht mehr zeitgemäß, die Spiele langweilig und die neuen Showelemente mehr und mehr antiquiert und einem Publikum, das die schnellen, polternden Programme der Privatsender gewohnt war, nicht mehr zumutbar. Die einstigen Partner verkrachten sich, schalteten Anwälte ein und beschimpften sich über die Medien gegenseitig. Irgendwann schienen die finanziellen Dinge geklärt, obwohl Talhoff weiter behauptete, ausgenutzt und betrogen worden zu sein, und sein Name verschwand aus den Schlagzeilen.

Vor etwa einem Jahr kam es bei einer Jubiläumssendung der Show zu einer Wiederbegegnung von Talhoff und Simon, sie gaben sich die Hand, sie erhoben ihr Glas, sie verabredeten sich. Und einige Wochen später druckte eine Illustrierte ein Foto ab, auf dem Ronny, Hella und Lucia Simon einträchtig mit Henrik Talhoff auf einem Segelboot Champagner tranken, wie in alten Zeiten. Von nun an verkehrte Talhoff wieder regelmäßig im Hause Simon, die Firma, die er inzwischen übernommen hatte, sorgte bald für die Sicherheit der zur Show eingeladenen Stars, und so klang es nur logisch, dass Talhoff und seine Kollegen sich sofort zur Stelle meldeten, nachdem Lucias Entführung bekannt geworden war.

Die Entführung und Erpressung hatte Talhoff ohne Wissen seiner Mitarbeiter durchgezogen, was viele Journalisten und auch einige meiner Kollegen erst dann nicht

mehr bezweifelten, als durch die Vernehmungen die alleinige Täterschaft Talhoffs eindeutig bewiesen war.
Ich hatte ihn von Anfang an für verdächtig gehalten. Er redete zu wenig, er hielt sich im Hintergrund. Alles, was er sagte und tat, wirkte korrekt, nie fühlte er sich von unseren Fragen bedrängt. Gegenüber Reportern verwies er ständig auf die Kompetenz der Polizei und bestritt nie die Vorgänge der Vergangenheit, als er Simon am liebsten an die Gurgel gegangen oder sich auf andere Weise an ihm gerächt hätte. Henrik Talhoff vermittelte einen unglaublich unverdächtigen Eindruck. Zwar taugte sein Alibi für die Zeit der Entführung nicht viel – er habe seinen Rausch vom Vortag ausgeschlafen und sich erst am späten Nachmittag bei Simon gemeldet, dessen Geburtstag am Tag zuvor flaschenreich gefeiert worden war –, die kriminaltechnische Untersuchung seines Wagens, eines weißen Kombis, brachte jedoch kein brauchbares Ergebnis. Wenn er die junge Frau gekidnappt hatte, dann in einem anderen Fahrzeug.
»Ich hab eins geklaut«, sagte er zu mir. »Habs mir ausgeliehen, dann hab ich Lucia geholt, sie ins Versteck gebracht und den Wagen wieder da hingestellt, wo er vorher stand. Total simpel.«
So redete er die ganze Zeit. Wir hatten ihn kurz nach der Geldübergabe in seiner Wohnung festgenommen. Und schon bei meiner ersten Vernehmung gestand er die Tat.
»Folgendes, so läufts ...«
Erika Haberl, die Sekretärin der Vermisstenstelle, die die

meisten unserer Vernehmungen auf dem Laptop protokollierte, kam kaum mit dem Tippen nach, so atem- und tonlos redete Talhoff.

»... Simple Sache, ihr gebt mir das Geld, ich flieg ins Ausland, und die junge Dame ist frei. Andersrum schlecht. Ich geh in den Bau, die junge Dame verreckt. Suchs dir aus, Süden. Ich hab sie entführt, Geständnis eins. Ich hab das Geld erpresst, Geständnis zwei. Ich bins, ihr habt den Richtigen erwischt. Und jetzt bin ich gespannt, wie wichtig euch das Leben von Ronnys Tochter ist. Ihr könnt mich foltern, ich sag euch nicht, wo sie ist. Ausreise ich, oder: Tod der Tochter ...«

In seiner Wohnung fanden wir keinen Hinweis auf das Versteck, und in einer Schachtel bewahrte er Fotos von Lucia auf, die uns zunächst nicht weiterbrachten.

Manche Vernehmungen kamen mir vor wie ein Strudel, der uns in die Tiefe riss, während wir redeten, und ich wusste, wir landeten in einem schwarzen Nichts.

Ich sagte: »Sie haben Lucia in einer Kiste versteckt.«
»Richtig.«
»Und diese Kiste haben Sie im Erdboden vergraben.«
»Richtig.«
»Gibt es eine Luftzufuhr zu dieser Kiste.«
»Freilich.«
»Wie ist diese Luftzufuhr konstruiert?«
»Schlauch, Rohr, Klappe, Luft.«
»Was für eine Klappe.«
»Dass kein Dreck reinrieselt und kein Fuchs reinbieselt.«
Einmal fragte Volker Thon: »Ist Ihnen das egal, ob Sie

wegen räuberischer Erpressung oder wegen Mordes angeklagt und verurteilt werden?«
Und Talhoff sagte: »Ausreisen lassen, fertig. Ich versorg Lucia, hab ich früher schon getan, klappt, geht gut, kann ich. Wenns ich nicht mach, machts niemand, und dann: aus. Muss doch nicht sein, oder?«
»Sie hassen Lucia«, sagte ich.
»Was ist Hass? Hass hat jeder, jeden Tag, du stehst auf, und der Hass steht mit dir auf. Ich hass doch die junge Dame nicht! Ich will raus aus dem Leben, darum gehts! Sag mal! Ich will diese Firma nicht mehr, das hält doch kein Mensch aus, du bewachst Häuser oder Leute, die sich wichtig nehmen wie Häuser. Du riskierst deine Gesundheit für die, du stellst dich vorn hin. Schreiben war auch nicht besser. Sitzt du am Schreibtisch und schreibst. Für einen anderen! Der geht ins Fernsehen, sagt deine Sätze, super! Hinterher bescheißt er dich mit dem Geld, das ist auch schon wurscht. Man muss aus dem Leben raus, darum gehts. Eine Million Euro, jetzt mal ehrlich: Die kriegt der für einmal Werbung in dreißig Sekunden. Sitzt aufm Klo, reißt ein Papier runter, eine Million Euro im Sack! Ich sag: Keine Polizei! Was macht er? Polizei ohne Ende. Süden, hast mich erwischt. Jetzt hast mich, und was nützts? Jetzt willst dir was ausdenken, aber ich sag dir: Denk nicht, tu, was ich dir sag, dann klappts ...«
Meine Kollegen machten rund einhundertfünfzig Personen, die Talhoff in irgendeiner Weise nahe standen, ausfindig und befragten sie. Vergebens. Talhoff verspot-

tete uns und die Familie Simon, die Medien und die gesamte Öffentlichkeit.

Ich konnte nicht länger jeden Morgen um sechs Uhr aufstehen und von meiner Wohnung in der Deisenhofener Straße im Stadtteil Giesing quer durch die Stadt – den Nockherberg hinunter, am Sendlinger Tor vorbei und die Sonnenstraße entlang – bis zum Dezernat in der Bayerstraße zurücklegen, um am Ende des Tages dieselbe Strecke in entgegengesetzter Richtung zu gehen, mutlos, verbittert, lächerlich gemacht und verloren für jedes Wort, jeden Gedanken, jedes Empfinden außerhalb des Vernehmungszimmers mit seinem niedrigen Fenster, dem sirrenden Neonlicht und der grunzenden Stimme eines menschlichen Schweins.

»Für viele im Dorf ist er ein Schwein«, sagte Anatol Ferenz. »Sie würden ihn schlachten, im übertragenen Sinn.«
»Vielleicht nicht nur im übertragenen Sinn«, sagte ich.
»Mit dem, was er getan hat, hat er das ganze Dorf beschmutzt, hat es mit einem Kainsmal belegt, auf Jahre hinaus.«
Ich sagte: »Die alte Frau vom Friedhof hält eher mich für das Schwein.«
»Sie haben ihr Weltbild und ihr Menschenbild erschüttert, wenn nicht zerstört.«
»Ja«, sagte ich.
Wir schwiegen.
»Rechnen Sie damit, dass sich so eine Tragödie wieder-

holt?« Ferenz griff nach dem Weinglas, das in der vergangenen Stunde nur unmerklich leerer geworden war. »An einem anderen Ort? Dass wieder niemand etwas sieht? Dass ein Kind am hellichten Tag aus einer Gemeinschaft verschwindet? Wie oft waren Sie schon in so einer Situation?«

»Noch nie«, sagte ich. »Bisher hatten wir immer Glück. Im Gegensatz zu Kollegen in anderen Dezernaten.«

»Sie haben die verschwundenen Kinder jedes Mal wiedergefunden?«

»Ja«, sagte ich. »Einige lebten nicht mehr, nicht, weil sie ermordet worden wären, sondern weil sie Selbstmord begangen hatten.«

»Das ändert für die Eltern wenig.«

»Das ist wahr«, sagte ich. »Nur für uns ändert es viel.«

»Ich möcht nicht mit Ihnen tauschen«, sagte Ferenz. Er hob das bauchige Glas zum Mund, trank aber nicht. Über den Rand des Glases hinweg sah er zu mir, verharrte und stellte das Glas ab. »Sie merken, ich weich Ihrer Frage aus, der Frage, die Sie bisher nur andeutungsweise gestellt haben. Ich weich Ihnen aus, weil ich mir selber ausweichen will. Aber das geht nicht, das klappt letztendlich niemals.«

»Nie«, sagte ich.

»Versuchen wir es also«, sagte Ferenz.

»Ich gehe nicht an die Öffentlichkeit«, sagte ich.

»Nehmen keine Journalisten mehr an einer Pressekonferenz teil?« Mürrisch und missgestimmt leckte Martin den

Schaum von seinem frischen Bier und trank, den Kopf nach vorn über den Tisch gebeugt.

»Ich werde nichts sagen.«

»Mal was Neues.«

Ich schwieg.

»Wusste die Tochter Bescheid?«, sagte Martin.

»Nicht über das Testament.«

»Und Ferenz?«

Ich sah wieder auf die Uhr über den Toilettentüren. Kurz vor vier.

»Ich werde ihn fragen«, sagte ich. »Ich gehe jetzt, bevor Reporter hier auftauchen.«

»Ein Wunder, dass noch keiner da ist.« Martin stand auf, steckte die Zigarettenpackung und die Streichhölzer in die Jackentasche und trank. »Ich komm mit.« Er schnaufte und wischte sich mit dem Arm über die Stirn. »Ich muss meine Kiste holen.«

Draußen in der breiigen Luft, im zwecklosen Schatten einer Kastanie, sagte ich: »Wenn ich heute früh mit dir und den Kollegen mitgefahren wäre, hätte ich jetzt frei.«

»Du hast nie frei«, sagte Martin.

»Lotte Feininger ist morgens um fünf an den See gefahren, um die Stelle zu sehen, an der es passiert ist, die er in seinem Testament beschrieben hat«, sagte ich. »Und da stehe ich, sie kennt meinen Namen. Und dann beschließe ich, mich nicht einzumischen, ein für allemal, und dann fordert sie mich auf, sie zu begleiten. Sie schiebt ihr Fahrrad, und ich gehe neben ihr und weiß, dass ich keine Möglichkeit mehr habe, der Geschichte zu entrinnen. Als wäre der Weg von Sissis Kneipe zum See extra für mich markiert worden. So, als würde nicht ich den Verschwundenen, sondern die Verschwundenen mir hinterherlaufen, auch die, für die ich nicht zuständig bin.«

»Auch schon gemerkt?«, sagte Martin. »Ich fahr auf dem Rückweg beim Feuerwehrhaus vorbei und hol dich ab. Auf einen mehr, der dir hinterherläuft, kommts nicht an.«

»Diesmal läuft dir die Verschwundene nicht hinterher«, sagte Martin. »Und das, obwohl wir wissen, wer für ihr Verschwinden verantwortlich ist.«

»Ja«, sagte ich. Manchmal, nachts, war ich kurz davor, Anatol Ferenz anzurufen, nur um ihn zu fragen, ob er eine Erklärung dafür hatte, warum so etwas geschah. Stattdessen trommelte ich auf die Bongos ein. Oder tauchte in Sonjas Umarmung unter. Oder blickte um fünf Uhr morgens von der Reichenbachbrücke über den grün schimmernden Fluss, in der Nähe jenes Kiosks, an dem ein Mann namens Bogdan bei einem früheren Fall ein Beweisstück, eine Reisetasche, für mich abgegeben hatte und ich wieder einmal zu spät zur Stelle war, um ihn zu treffen. Und ich verpasste sogar eine weitere Chance. Als ich von Lieselotte Feininger zurückkam und den Kollegen Marienfeld über die ungeheuerliche Wendung im Fall Anna Jagoda informieren wollte, bat ich um einen Termin in der Soko. Ich musste mit dem festgenomme-

nen Stadtstreicher Bogdan sprechen. Doch dann rief Marienfeld zurück und teilte mir mit, er werde sofort nach Taging kommen, begleitet von zehn Spurensicherern und den Kollegen der Soko, um gemeinsam mit mir ein zweites Gespräch mit der Zeugin zu führen. Mehrere Stunden vergingen, und bei meinem nächsten Anruf in der Inspektion, in der Bogdan festsaß, erfuhr ich, dass der Stadtstreicher auf Veranlassung des Staatsanwalts bereits auf freien Fuß gesetzt worden war. Wo er sich aufhielt, wusste niemand. Wie immer.
Wo Lucia Simon sich aufhielt, wusste jemand, und ich war unfähig, diesen Talhoff zum Sprechen zu bringen. Tagelang, wochenlang, monatelang.
Der Sommer verblühte, die graue Zeit begann, es regnete häufig, die Stadt wurde schmierig, ein gieriger Wind fraß die Farben des Oktobers von den Bäumen.
Und wir hielten unsere Funzeln ins Dunkel.
Und in der Ecke hockte Henrik Talhoff und machte ein fettes Gesicht.
In den Zeitungen war zu lesen, der Staatssekretär des Innenministers fordere die Absetzung von Karl Funkel als Leiter der Sonderkommission und die von mir, weil ich »hauptverantwortlich« für das völlige Scheitern der Vernehmungen sei.
Noch in diesem Winter sollte der Prozess gegen Talhoff beginnen. Bei einer Verurteilung wegen erpresserischen Menschenraubs würde er für mindestens zehn Jahre ins Gefängnis müssen. Mord war ihm nicht nachzuweisen, auch wenn wir an die Wahrscheinlichkeit, dass die ent-

führte Frau noch lebte, nur aus Not glaubten. Wir glaubten einfach, so wie andere Menschen an Gott oder an das Glück in der Lotterie glauben.
Auch ich glaubte daran.

Ende September hielt ich mich jeden Tag in der Nähe des Hauses auf, in dem Talhoff zuletzt gewohnt hatte. Es war ein schäbiges Mehrfamilienhaus, umgeben von ähnlichen Bauten, in deren Hinterhöfen nie Kinder spielten und deren Fassaden abbröckelten. In den Fenstern standen vereinzelt Blumen, die die Traurigkeit noch verstärkten. Die Wohnung Talhoffs im ersten Stock war immer noch versiegelt. Was die Nachbarn über den langjährigen Mieter zu berichten hatten, taugte für unsere Fahndung nur wenig. Einige erinnerten sich an Orte oder Seen, wo er angeblich regelmäßig mit seinem Dobermann unterwegs gewesen war. Mit Hilfe von Wärmebildkameras und Spürhunden durchkämmten die Kollegen daraufhin das jeweilige Gelände und fanden nichts außer Skeletten von Tieren.
Aber mich zog das Haus an, die Umgebung, die mehrspurige Straße, die Trostlosigkeit. In Wahrheit hielt ich es nicht länger im Büro aus. Und zu Hause. Und auf der Brücke. Und in den Räumen der Haftanstalt.
Ich fuhr mit dem Linienbus zur Donnersberger Brücke und ging von dort in Richtung Westen. Ich streunte herum. Wenn es anfing zu regnen, stellte ich mich in einem Eingang oder einer Einfahrt unter oder trank in der nächsten Bäckerei einen Kaffee. Ich fror nicht. Meine

schwarze Hose aus Ziegenleder, mein weißes Leinenhemd und meine schwarze Lederjacke wärmten mich. Ich wartete.

Als ich das Mädchen zum ersten Mal sah, rannte sie im Regen durch die Einfahrt und ließ sich gegen eine der Türen auf der Rückseite des Gebäudes fallen. Sekunden später verschwand sie im Haus. Ihr leuchtender gelber Schulranzen hüpfte in meinen Träumen vor mir her, in den verwackelten, unscharfen Nachtszenarien, die mich verfolgten.

Beim zweiten Mal stellte ich mich ihr in den Weg. Ausnahmsweise regnete es nicht, und sie hatte es nicht eilig. Ich zeigte ihr meinen blauen Ausweis.

»Polizist«, sagte sie.

»Ich heiße Tabor Süden.«

»Ich Lena Murau.« Sie hatte eine rosa Schleife im blonden Haar und einen blauen Wollmantel an. Sie war etwa sieben Jahre alt.

»Kennst du den Herrn Talhoff, Lena?«

»Schon«, sagte sie verunsichert und blickte zum Haus, in dem sie vermutlich lebte. Plötzlich musste ich an ein Foto denken, das wir mit einem Packen anderer in Talhoffs Wohnung gefunden hatten.

»Kennst du auch die Lucia Simon?«

»Die entführt worden ist?«

Ich zog ein Foto der jungen Frau aus der Tasche. Jedes Mitglied der Soko trug eines bei sich.

»Die Lucia hab ich vor einem halben Jahr am Starnberger See getroffen, meine Eltern waren da beim Essen, und da

ist der Ronny am Nebentisch gesessen, und meine Mama war ganz aufgeregt und hat sich nicht getraut, ihn zu fragen, ob er ihr ein Autogramm gibt.«
»Und du hast dich derweil mit Lucia angefreundet«, sagte ich.
»Sie hat mit mir die Schwäne gefüttert. Und da hat uns ein Mann fotografiert, glaub ich, ein Freund von dem Ronny. Und dann sind wir wieder gefahren, meine Eltern und ich.«
»Hat deine Mama das Autogramm von Ronny bekommen?«
»Glaub schon.«
»Hast du die Lucia danach wiedergetroffen?«
»Nein, nie mehr. Ich hab ihr gewunken zum Abschied, und sie hat auch gewunken, ganz lang, bis ich sie nicht mehr gesehen hab, ganz lang.«
»Wo seid ihr euch am Starnberger See begegnet?«, sagte ich. »In welchem Ort.«
»Weiß ich nicht mehr.«
»Wart ihr nicht wieder dort, deine Eltern und du?«
»Nein, mein Vater ist weggegangen, und meine Mama hat kein Geld mehr für den Starnberger See.«
»Wo ist dein Vater hingegangen, Lena?«
»Zu einer anderen Frau«, sagte sie und kniff die Augen zusammen, während sie zum Haus hinüberschaute. »Ich muss jetzt zu meiner Mama, die ist krank, die hustet den ganzen Tag und die ganze Nacht. Aber hier ist es schön, wir sind erst gleich hierher gezogen, ganz gleich erst.«
»Erst vor kurzem«, sagte ich.

»Hmm.« Sie nickte.
»Ich muss vielleicht mit deiner Mama sprechen«, sagte ich. »Wegen des Fotos mit dir und Lucia.«
»Meine Mama ist krank, die kann nicht sprechen.«
Ich überredete das Mädchen, mich mitzunehmen, aber Frau Murau lag eingehüllt in Decken, schwitzend und angetrunken im Bett und wollte nichts mit der Sache zu tun haben.
Und ich brauchte sie kein weiteres Mal zu belästigen.
Einen Tag später erschnupperte der Schäferhund eines Spaziergängers in einem Wald, nicht weit vom Kloster Andechs entfernt, in einem Erdloch ein dünnes Metallrohr. Der Mann alarmierte die Polizei.
Henrik Talhoff hatte Lucia, wie er gesagt hatte, in einer Kiste gefangen gehalten und diese in der Erde vergraben. Offenbar funktionierte das Belüftungsrohr höchstens zwei Tage. Das bedeutete, Talhoff wusste, als wir ihn festnahmen, dass die junge Frau bereits erstickt war. Sie hatte ihre Fingernägel abgekaut, alle zehn, und mit Blut an die Wand der Kiste geschrieben: »Kein Winken mehr, Lena.«
Henrik Talhoff wurde zu lebenslanger Haft verurteilt.
Ich nahm unbezahlten Urlaub und fuhr nach Taging, ohne mit irgendjemandem noch über Anna Jagoda zu sprechen. Ich hauste in einer Waldhütte, bis Sonja es schaffte, mich mitzunehmen.
Denn wieder war ein Kind verschwunden, diesmal ein Junge. Ihn konnte ich retten.
Martin jedoch rettete ich nicht.

»Ich muss in die Stadt«, hatte er in Taging gesagt, als er mich im alten Feuerwehrhaus aus dem Fragenkäfig der Reporter befreite. »Sonst sterb ich vor Landluft.«
Er fuhr zurück, und ich blieb.
Ich redete mit Anatol Ferenz. Vielleicht hätte ich besser mit Martin reden sollen. Oder wenigstens trinken mit ihm. Oder. Oder.

»Sie haben nichts geahnt«, sagte ich.
»Sie meinen die Geschichte mit der Frau?«, sagte Ferenz.
Ich sagte: »Ich meine die Geschichte mit dem Verbrechen.«
»Nein«, sagte er.
»Niemand im Dorf hat etwas geahnt.«
»Sie dürfen die Leute nicht verurteilen«, sagte Ferenz. »Er war bei allen beliebt, er genoss das Vertrauen der Jungen wie der Alten. So einen mitfühlenden Pfarrer wie ihn hatte die Gemeinde noch nie gehabt. Alle haben in ihm einen gerechten, liebevollen, verzeihenden Vater gesehen. Und Sie, Herr Süden, haben ihn in den Augen der Taginger als Kindsmörder hingestellt.«
»Er war ein Kindsmörder«, sagte ich.

11

Das Mädchen saß da und starrte in seine Teetasse. Sie hatte ihre rosafarbene Bluse vor dem Bauch verknotet und ihre braunen Haare waghalsig zu einem zauseligen Turm zusammengebunden, und sie duftete blumig. Ich stand an der Tür zum Flur. Gelegentlich warf mir Sabrina einen Blick zu. Bei der Begrüßung hatte sie nur Hallo gesagt und sich dann wortlos an den Küchentisch gesetzt. Ihre Mutter saß ihr gegenüber und trank Kaffee.

Nach einer Weile sagte Lieselotte Feininger zu ihrer Tochter: »Ich bin froh, dass du wieder da bist.« Daraufhin wandte sie sich an mich: »Sie war wieder weg, einfach so, mit ihren Freundinnen, die fahren nach München und lassen tagelang nichts von sich hören. Beim ersten Mal wär ich fast gestorben vor Angst und Verzweiflung.«

Ich musste an ihren Satz unten am See denken und sagte: »Warum machst du das, Sabrina?«

»Geht Sie das was an?«, sagte das Mädchen zur Tasse.

»Ja«, sagte ich. »Ich arbeite auf der Vermisstenstelle, ich bin für Dauerläufer wie dich zuständig.«

»Bin kein Dauerläufer«, murmelte sie.

»Eine Dauerläuferin«, sagte ich.

»Was will der hier?« Sie stellte die Tasse auf den Unterteller, schob mit einem scharrenden Geräusch den Stuhl weg, der gegen den Kühlschrank knallte, und zwängte sich an mir vorbei. Obwohl sie eine schmale Figur hatte, stand ihr entblößter Bauch ein wenig wabbelig vor.

»Vergiss nicht, Leslie die zwanzig Euro zurückzugeben!«, rief ihre Mutter.
Dann hörten wir das Klirren von Schlüsseln, und eine Tür schlug zu. Es war still.
»Sie ist in einer komplizierten Phase«, sagte Lieselotte Feininger. »Möchten Sie sich nicht setzen?«
Ich sagte: »Ich stehe lieber.«
Auf der Straße fuhren Autos vorüber, Stimmen von Kindern drangen in die Wohnung, die aus drei fast quadratischen Zimmern, einer engen Küche und einem Bad mit Fenster bestand. Die Möbel waren hell und die Wände leer.
Lieselotte Feininger zupfte an ihrem Kleid und sah gedankenvoll zum Fenster. »Können Sie mir erklären, warum die Mädchen das machen?« Sie lehnte sich zurück und betrachtete die Tasse, aus der ihre Tochter nur wenige Schlucke getrunken hatte. »Für sie ist das wohl ein Spiel. Oder ist das der totale Widerstand gegen die Erziehung, gegen die Mütter, die Eltern?«
»Was tun die Mädchen in München?«, sagte ich.
»Ich weiß es doch nicht!«, sagte sie laut. Sofort senkte sie ihre Stimme: »Weiß nicht. Angeblich gehen sie in Discos, die die ganze Nacht aufhaben, und schlafen bei Freundinnen. Ich kann nicht mal sagen, dass Sabrina irgendwie verändert zurückkommt. Ich versteh sie einfach nicht, sie schottet sich ab, wenn ich sie was frage. Dann denk ich mir, solange sie die Schule schafft ... Sie geht in die neunte Klasse, ihre Noten sind passabel ... Sie muss jeden Tag vierzig Kilometer mit dem Bus fahren, zwanzig

hin, zwanzig zurück, ist schon ein Schlauch ... Das interessiert Sie gar nicht, entschuldigen Sie, ich hab die ganze Nacht nicht geschlafen. Und ich wollt ja auch gar nicht, dass Sie mitkommen, um Ihnen von meiner Tochter zu erzählen. Ehrlich nicht, Herr Süden ...«
»Das ist alles in Ordnung«, sagte ich.
Mit einer abrupten Bewegung beugte sie sich vor und ließ den Kopf hängen. Leise begann sie zu weinen. Als sie den Kopf hob, war ihr Gesicht nass von Tränen. Sie bemühte sich, deutlich zu sprechen, jedes Wort kam zögernd, unter großer Anstrengung über ihre Lippen. »Ich hab nichts gewusst ... das müssen Sie mir glauben ... Ich bin fast gestorben ... heut Nacht ... vor Schreck und ... Scham ... Und Scham, ja ... Deswegen bin ich zum See gefahren, endlich ... Endlich, ja ...« Sie presste die rechte Hand vor den Mund, nahm sie lange nicht weg. »Warum hat er das getan? Warum hat er das kleine Mädchen getötet? Er hat sie erstickt, so stehts im Testament. Oder wie würden Sie das nennen? Ein Geständnis! Ja, in seinem Geständnis steht, er hat das Mädchen erwürgt und vergraben. Und dann hat er ein Jahr lang so weitergelebt wie immer. Wie immer, ja. Ja.«
Mit vor Fassungslosigkeit geröteten Wangen sah sie mich an. »Und ich hab geglaubt, er hat sich erhängt, weil ich das alles nicht mehr ertragen hab. Ertragen wollt. Weil ich keinen Sinn mehr in unserer Beziehung gesehen hab, war sowieso nur platonisch, ja. Wir haben ja nie zusammen geschlafen. War alles nur ...« Sie schluchzte laut und senkte erschrocken den Kopf. Dann begleitete ein

verkrampftes, hilfloses Lächeln ihre Worte. »Und ich hab geglaubt, er hat sich ... aus Liebe ... aufgehängt, ja ... Wegen der Liebe, die ich ihm ... weggenommen hab, wie er sich ausgedrückt hat. Ich hätt ihm die Liebe weggenommen, ja.«

Sie schniefte, griff neben sich auf die schmale Holzbank und zog eine Packung Taschentücher unter einem Kissen hervor.

»Pfarrer Wild und Sie hatten gar kein Verhältnis«, sagte ich.

»Nein«, sagte Lieselotte Feininger, tupfte sich mit dem zusammengeknüllten Papiertuch Nase und Mund ab und vergrub es in der Faust. »Wir haben uns nur geliebt.«

»Und Sie haben die Liebe beendet.«

»Ich darf Ihnen das verraten ...« Sie blinzelte und strich das Kleid glatt. »Ich will hier wegziehen. Mit Sabrina. In die Stadt, nach München. Ich bin fünfundvierzig, und ich hab die letzten acht Jahre damit verbracht, eine platonische, heimliche Beziehung zu einem Pfarrer zu haben. Platonisch allein wär schon Grund genug abzuhauen. Aber ein Pfarrer und platonisch, das ist die Krönung vom Einsamsein. Wenn ich nicht bald hier rauskomm, häng ich mich auf, wie er.«

Tränen schossen ihr in die Augen, und sie wusste nicht, wohin mit ihren Armen. Sie streckte sie von sich, neigte den Kopf, wollte etwas sagen und schluchzte nur. Das Taschentuchknäuel fiel ihr aus der Hand. Ich ging hin und hob es auf und legte es auf ihre Hand, die flach in ihrem Schoß lag.

»Wissen Sie, wovor ich mich fast am meisten fürcht?« Sie betrachtete das Knäuel, dann schnappte ihre Hand zu. »Dass die Leute glauben, ich hätts gewusst. Dass die Leute im Dorf mich für eine Mitwisserin halten und dass ich dann eine Mittäterin bin. Ja. Die Leute werden das glauben. So sind die. Alle.«
»Nein«, sagte ich.
»Die Leute werden glauben, ich hätt was damit zu tun«, sagte Lieselotte Feininger. »Ich bin schuld, nicht er, ihr Herr Pfarrer, der Unfehlbare.«
»Nein«, sagte ich noch einmal.
»Alle«, sagte sie noch einmal. »Alle. Alle.«

»Glauben Sie, dass sie nichts gewusst hat? Ich glaub es nicht.«
Anatol Ferenz stand auf und kam zum Fenster, an das ich mich gestellt hatte, weil ich dem Jungen zuschauen wollte, der vor dem abgesperrten Areal neugierig hin und her lief. Er hatte kurze grüne Hosen an und ein blaues Trikot mit der Nummer eins auf dem Rücken, er war barfuß und hatte schwarze Locken. Unermüdlich rannte er quer über die Wiese hinter dem Pfarrhaus, ließ seine Hand über das rotweiße Plastikband gleiten und blieb zwischendurch ruckartig stehen, als bemerke er die mit dunkler Erde zugeschüttete Grube zum ersten Mal.
»Sie war nicht bei der Beerdigung«, sagte der Pfarrer. »Sie hat auch vorher nicht versucht, Kontakt mit mir aufzunehmen.«
»Warum hätte sie das tun sollen?«, sagte ich.

»Um etwas Ruhe zu finden, möglicherweise, um sich auszusprechen.«

»Sie hat mir gesagt, sie würde Sie nicht kennen.«

»Ich habe relativ regelmäßig Gottesdienste in Taging abgehalten, immer wenn Pfarrer Wild in Urlaub war, oder wenn in der Gemeinde umfangreiche Feierlichkeiten anstanden. Ich hab Ihnen erklärt, Wild und ich waren Freunde.«

Ich sagte: »Frau Feininger ging nicht wegen des Gottesdienstes in die Kirche.«

Ferenz winkte dem Jungen, der erschrocken zurückwinkte und davonlief. »Das ist der Sohn vom Harder-Bauern, der Wastl. Der Hof liegt gleich nebenan, das ist der mit den schönen Geranien auf den Balkonen und den Rosenstöcken vor dem Haus. Er will mal Torwart werden.«

Ich schwieg.

»Letztendlich bleiben die Gründe unseres Handelns im Dunkeln«, sagte Ferenz. Er stand jetzt hinter mir, aber ich wandte mich nicht um. Ich sah zu der Stelle, wo die Kollegen die Leiche des Mädchens ausgegraben hatten.

Vor einem Jahr hatte der achtundsechzigjährige Pfarrer Karl-Maria Wild sie dort verbuddelt, und niemand wollte etwas bemerkt haben, nicht die Bauern in der Nachbarschaft, nicht die Haushälterin Franziska Bergrain, kein nächtlicher Spaziergänger, keine jugendlichen Rumtreiber.

Auf einer Fläche von vier Quadratmetern war schon vor längerer Zeit Erdreich ausgehoben worden, da der Pfarrer plante, einen kleinen Pavillon aus Holz für die Kinder,

die hier ständig herumtollten, errichten zu lassen. Doch dann bekam er das Geld nicht wie erwartet zusammen, und die Grube wurde erst einmal wieder zugeschüttet.
»Sie wissen, warum er die Tat begangen hat, Sie haben seine letzten Worte gelesen.«
»Ja«, sagte ich.

Aus den Augenwinkeln sah ich Ferenz nicken. Ich hörte ihn atmen. Vielleicht wollte er mich loswerden, er wirkte unruhig, in seiner Stimme lag ein abweisender Unterton. »Mir hat die Polizei in das Vermächtnis nicht Einblick gewährt, ich akzeptier das, ich bin kein Verwandter. Was Sie und Ihre Kollegen interessiert, ist das Motiv, was sonst? Und das Motiv war Angst, elementare, existenzielle Angst. Er fühlte sich bedroht, und sein Verstand hat versagt. Legen Sie das bloß nicht falsch aus! Ich entschuldige nichts, Gott behüte! Mein Freund hat ein zehnjähriges Mädchen erstickt und die Leiche im Garten des Pfarrhauses vergraben, das ist das Schlimmste, was man sich denken kann. In gewissem Sinn ist es apokalyptisch ...«
»Es ist die Tat eines Menschen«, sagte ich.
»Bitte?« Er trat einen Schritt näher und sah mich von der Seite an. »Die Tat eines Menschen? Ich leugne das nicht, ich versuch nur zu verstehen. Ihn zu verstehen, zu begreifen, was in ihm vorgegangen sein mag.«
Weil ich seinen Blick nicht erwiderte, schaute er ebenfalls aus dem Fenster, wobei er zwischen den Sätzen den Kopf unmerklich zu mir drehte. »Warum, wissen wir

nicht. Aber die kleine Anna war hier im Garten, wie vorhin der Wastl, wir haben das Kräuterbeet hier, die Stachelbeersträucher, das Schilf, den kleinen Tümpel, lauter Dinge, die Kinder neugierig machen. Deswegen auch der Plan für den Pavillon. Zum Ausruhen zwischendurch, zum Lesen, zum Innehalten. Sie war also da, die kleine Anna, und sie schaute durchs Fenster.« Er wartete auf eine Reaktion von mir, die ich verweigerte. »Und was sie sah, erschreckte sie. Erschreckte sie in dem Ausmaß, wie auch Wild und ... und seine Freundin erschraken.«

In riesigen Schlagzeilen hatten die Zeitungen über die Szene berichtet, oder darüber, wie die Leser sich den Moment der peinlichen und so fürchterlich endenden Enttarnung vorstellen sollten. Seriösere Blätter entfachten die Diskussion über den Sinn des Zölibats von neuem, und in den Erklärungen der ermittelnden Kripo überwogen Vermutungen und allgemeine Formulierungen. Doch niemand außerhalb der Soko bezweifelte grundsätzlich das auslösende Moment für die Tragödie an jenem sonnigen fünften Juli.

Dabei hatte Karl-Maria Wild im Abschiedsbrief an seine Geliebte die Wahrheit unmissverständlich offen gelegt.

»Das Mädchen ist weggerannt«, sagte Ferenz. »Und nun liegen die beiden da, ertappt, von Schuld und Scham überwältigt. Ein grauenhafter Moment für Wild. Und dann passiert etwas Merkwürdiges.«

Um seine Unruhe nicht weiter zu steigern, sagte ich: »Anna hat niemandem von ihrem Erlebnis erzählt.«

Da Ferenz damit gerechnet hatte, dass ich weiterredete,

brauchte er eine Weile, bis er meinen wieder auf die Grube gerichteten Blick bemerkte. »Genau. Was hätte Wild tun sollen? Er hat sie beobachtet. Wollte mit ihr sprechen, herausfinden, was in ihr vorgeht.« Wieder sah er mich eindringlich von der Seite an. »Der schwarze Mann auf dem Bild des Mädchens, das war er, was meinen Sie? Sicherlich.«

Ich sagte: »Wir wissen es nicht. Anna hat viele Bilder nur in Schwarz gemalt, sie mochte die Farbe, sagt ihre Mutter. Wir werden nie erfahren, wer der schwarze Mann neben dem schwarzen Haus ist.«

»Aber warum hat er sie umgebracht, wenn sie doch niemandem was erzählt hat?« Unwirsch schlug Ferenz gegen die Gardine und wandte sich dem Zimmer zu. »Stimmt das, Herr Süden, was Ihre Kollegen öffentlich verbreitet haben, nämlich, dass es im Auto zum Streit zwischen ihr und ihm gekommen ist und er in einer Art Reflex zugeschlagen und ihr dann den Mund zugehalten hat? Und dass er erst gemerkt hat, dass sie tot ist, als es zu spät war? Weil er außer sich war. Weil er außerhalb ... jeglicher Vernunft war? Ist das so? Sagen Sie mir, was Sie wissen, nichts von unserem Gespräch dringt nach draußen, das versprech ich Ihnen. Ich will begreifen, ich will endlich die Wahrheit wissen.«

»So hat er es in seinem letzten Brief geschrieben«, sagte ich ohne zu zögern und drehte mich zu Ferenz um. »Er machte einen Krankenbesuch in der Prälat-Kremer-Straße, er stieg in seinen Wagen, und als er wegfahren wollte, bemerkte er das Mädchen, das auf dem Weg zum

See war. Er sprach es vom Auto aus an, sie stieg ein, weil er mit ihr reden wollte, und es kam zum Streit. Wir haben nur seine Aussage, es gibt keine Zeugen, niemandem fiel der weiße Passat auf, es war nur ein Auto von hunderten, die an diesem Samstagnachmittag in der Nähe des Taginger Sees unterwegs waren. Pfarrer Wild wollte Anna unauffällig aushorchen, er hatte keine Ruhe mehr, er konnte an nichts anderes denken. Schon ein paar Mal hat er versucht, mit ihr zu sprechen, er hat sie auf dem Schulweg abgepasst. Aber immer redete er nur belanglos mit ihr, erkundigte sich nach ihren Noten, beobachtete nur ihr Verhalten. Vermutlich horchte er auf Zwischentöne, auf Anspielungen. Und an diesem Samstag sagte sie ihm ins Gesicht, sie wolle jetzt ihren Eltern erzählen, was sie im Pfarrhaus gesehen hat.«

»Aber er konnte doch nicht wissen, dass Anna zu dem Zeitpunkt, als er in der Prälat-Kremer-Straße die alte kranke Frau besuchte, vorhatte, ihre Freundin am See zu treffen!«, sagte Ferenz und gestikulierte mit den Händen.

»Nein«, sagte ich.

»Er war schon fast auf dem Heimweg, als er sie gesehen hat.«

»Ja.«

»Es war also ein unglaublicher Zufall.«

»Ja.«

»Stimmt das, dass er mit ihr in den Wald gefahren ist und sie dort ... erstickt hat?«

»Das wissen Sie doch«, sagte ich. »Sie haben mit meinem

Kollegen Marienfeld gesprochen, er hat Ihnen bestätigt, was in den Zeitungen stand.«

»Und noch in derselben Nacht hat er sie da draußen vergraben?« Ferenz zog die Gardine beiseite und riss das Fenster auf. Warme, würzige Luft strömte herein. Ich hörte das leise Knistern des Plastikbandes. »Und Sie wollen mir einreden, seine Freundin hat nichts davon gewusst? Bitte beleidigen Sie mich nicht, Herr Süden!«

»Ich beleidige Sie nicht«, sagte ich. »Frau Feininger wusste so wenig davon wie die Haushälterin. Haben Sie Frau Bergrain gefragt, ob sie etwas beobachtet hat?«

»Selbstverständlich hab ich sie gefragt!« Er sog die Luft ein und verzog angewidert das Gesicht. »Sie war nicht zu Hause, sondern bei ihrer Schwester, deren Mann gerade verstorben war.«

»Sie ist gegen ein Uhr nachts zurückgekommen«, sagte ich. »Der Enkel ihrer Schwester hat sie mit dem Auto gebracht.«

»Hat der Enkel was bemerkt?«, fragte Ferenz abfällig.

»Auch das steht in den Akten«, sagte ich. »Er hat die alte Dame abgesetzt und gewartet, bis sie im Haus war. Dann fuhr er weg. Ihm ist nichts Ungewöhnliches aufgefallen.«

»Ist gut.« Ferenz schaute auf seine Uhr. »Ich hab gehofft, ich erfahr von Ihnen ein paar Details, die mir helfen, die Tragödie zu begreifen und zu verarbeiten. Schade.«

Er ging zum Tisch, stützte sich mit beiden Händen ab und fuhr zu mir herum. »Und wirklich schlimm ist außerdem, dass er schwer krank war, er hatte ein Magengeschwür, trotzdem trank er. Und Frau Feininger hat ihn

fallen lassen, das zumindest hat mir Ihr Kollege Marienfeld anvertraut, und das stand nirgends in der Presse. Es heißt immer nur, sie hätten ein Verhältnis gehabt. Und weil er diesen Zustand nicht länger ertragen wollte, hat er Selbstmord begangen. Krank war er auch, das wusste jeder, hat auch jeder im Dorf jedem Journalisten erzählt. Das interessiert nicht. Aber die Frau hat sich von ihm abgewandt in dem Moment, als er ihre Hilfe am nötigsten gebraucht hätte. Und das werf ich ihr vor, und das werden Sie mir nicht ausreden, Herr Süden! Diese Frau hat eine Mitschuld am Tod von Pfarrer Wild. Er wollte seine Last loswerden, aber sie hat ihn nicht angehört. Und da können Sie mir erzählen, was Sie wollen, ich glaub Ihnen nicht! Und jetzt sag ich Ihnen, wie ich die Situation beurteile, und dann beenden wir dieses Gespräch.«
»Einverstanden«, sagte ich und ging zum Tisch und blieb stehen, die Hände hinter dem Rücken.
Ferenz richtete sich auf. »Er ist zu ihr gegangen«, sagte er und hob beide Zeigefinger in meine Richtung. »Er hat ihr alles erzählt. Alles. Die Tat. Das grässliche Vergraben der Leiche, die unvorstellbare Schuld, die er dann ein Jahr lang mit sich herumschleppte. Alles. Er wollte sich endlich befreien, er wollte einen Rat, er wollte, dass sie ihm in den finstersten Stunden seines Lebens beistand, vollkommen, wie eine Liebende, wie jemand, der sich dem anderen nicht nur in körperlicher Hinsicht absolut hingibt. Er ist zu ihr gegangen, um vor ihr niederzuknien und zu bekennen. Nicht bei seinem Gott, sondern bei ihr, der Frau, der Vertrauten, der Geliebten suchte er Hilfe

und Vergebung. Und sie schickte ihn weg. Sie hatte das Band längst durchschnitten, aber sie war zu feige gewesen, es ihm zu sagen. Und nun, in diesem für ihn alles entscheidenden, grausamsten Moment, fügte sie ihm die entscheidende Wunde zu und jagte ihn ins Nichts. Anders kann ich es nicht ausdrücken: ins Nichts seiner Existenz, an der Alter und Krankheit fraßen, von der übergroßen Schuld ganz zu schweigen. Sie schloss die Tür, und er war allein. Allein in der Wüste, so allein, wie ein Mensch nur sein kann, der vom einzigen Mitmenschen, dem er sich bedingungslos und unter größter Not und gegen alle Vernunft und gegen alle Gebote und entgegen aller Moral unterworfen hat, verraten und vertrieben wurde. Lieber wollte er tot sein, als diese Leere weiter zu ertragen, diesen ungeheuerlichen Schmerz, diese Demütigung, dieses Verbrechen. Und ich wiederhole mich, ich entschuldige nicht das andere, nicht im Mindesten. Aber diese Frau ...«

Er sah zum Fenster und ruckartig zu mir. »Für die Suche nach der jungen Frau, der Tochter dieses Prominenten, wünsche ich Ihnen alles Glück, und Ihnen Gottes Segen. Auf Wiedersehen, Herr Süden.«

Er brachte mich zur Haustür. Und als ich mich auf der Straße noch einmal umsah, stand Franziska Bergrain neben dem Pfarrer, im selben schwarzen Kleid wie auf dem Friedhof, mit einem von Verachtung verzerrten Gesichtsausdruck.

»Und das war ein gespenstischer Augenblick«, sagte Lieselotte Feininger. »Hier, vor dem Bücherregal, hat er auf dem Boden gekniet, in seinem dunkelblauen Ausgehmantel, den alle Leute für schwarz halten. Warum er immer, sommers wie winters, in Schwarz rumlaufe, hätten ihn wieder und wieder ältere Frauen gefragt, hat er mir erzählt, das sei doch gar nicht nötig, auch als Pfarrer könne er doch mal freundlichere Farben tragen. Manchmal mischten sie sich auch in seinen Speiseplan ein, ja, sie schlugen ihm vor, weniger Gemüse zu essen, das mache blass, und er könne doch so eine schöne Farbe im Gesicht haben, wenn er wolle. Außerdem sei Fleisch viel gesünder, als es immer heißt, ja. Seine Gemeinde, seine Fans.«

Mit gesenktem Kopf stand sie vor dem weißen Bücherregal, zu ihren Füßen lag ein beiger Teppich auf dem Parkettboden.

»Ohne Ankündigung hat er sich auf die Knie fallen lassen. Ich stand da, wo Sie jetzt sind, ziemlich erschrocken. Und dann schaute er zu mir hoch, und ich hab gedacht: Wie ein Kind, wie ein Kind, das was ganz Schlimmes angestellt hat und riesengroße Angst vor Strafe hat.«

Erregt von Erinnerungen, trat sie einen Schritt zurück und stieß aus Versehen gegen einen Sessel. Sie klammerte sich an der gepolsterten Lehne fest, indem sie die Arme nach hinten streckte und stocksteif stehen blieb.

»Er war ja nicht gelenkig«, sagte sie. »Und ständig hatte er Rückenschmerzen. Wenn er sich bücken musste, schrie er manchmal auf, sogar in der Kirche, die Leute sind zusammengezuckt. Ja, und weil er ewig keinen Ton von sich gibt, nur da kniet und mich anfleht mit den Augen, sag ich: Sprich mit mir! Und er öffnet den Mund, aber es kommt nichts. Als wär er stumm geworden, als wär sein Sprechnerv eingeklemmt, falls es den gibt. Und ich sag noch mal: Sprich doch, was hast du denn? Und dann rinnen ihm Tränen runter, und das war mir ein wenig peinlich, ich weiß nicht, warum. Es tat mir auch gleich Leid, dass ich gedacht hab, er soll aufstehen und nicht so weinerlich sein. Hinterher hab ich mich für meine Gedanken geschämt, ja. Ich hätt ihn fast angerufen später, um mich zu entschuldigen.«

Die Hände hinter sich an die Sessellehne geklammert, starrte sie den Teppich an, noch immer entsetzt und zugleich berührt von dem seltsamen Auftritt des Pfarrers.

»Und dann, ja ...« Sie schaffte es nicht weiterzusprechen, ihre Finger krallten sich in den Stoff der Lehne, und sie kniff die Augen zusammen. Dann gab sie sich einen Ruck, war mit zwei Schritten bei der Couch, setzte sich und schlang die Arme um die Beine. »Er kam nicht mehr hoch«, sagte sie, ohne mich anzusehen. »Und das hat gedauert, bis ich das kapiert hab. Ja, er hat den Arm ausgestreckt, so ...« Sie streckte den linken Arm vor, Handfläche nach oben, als bettele sie um eine milde Gabe. »Und ich steh da, wie Sie jetzt, und dann hör ich ihn was murmeln, und ich seh seinen Blick, und dann hab ichs kapiert. Ich helf ihm auf, und wir umarmen uns. Ja.« Nach einem kurzen Schweigen sagte sie: »Umarmt haben wir uns oft, immer, wenn wir uns gesehen haben,

auch in Gegenwart von Frau Bergrain, das hat sie nicht gestört.«
»Sie wusste von Ihnen beiden«, sagte ich.
»Sie ist die Verschwiegenheit in Person. Und was gabs schon groß zu wissen? Ja, das, was Sie in der Hand halten, hätts zu wissen gegeben, das ja.«
Ich hatte neun handbeschriebene Blätter in der Hand.
»Heut Nacht hab ich kapiert, dass er vor zwei Wochen hierher gekommen ist, um ein Geständnis abzulegen, und dann hat er es nicht geschafft. Und ich hab nichts gemerkt. Das ganze Jahr schon. Ein Jahr lang hab ich einen Mörder umarmt, einen verfluchten verlogenen Kinderumbringer. Und er hat gepredigt in der Kirche, und ich hab ihn angeschaut, und die alten Weiber haben ihn angeschaut und angehimmelt und haben ihm die Zunge entgegengestreckt bei der Kommunion, und dann haben wir zusammen gegessen und uns wieder umarmt, und ich hab immer wieder zu ihm gesagt, er soll endlich zu mir stehen, und er hat gesagt, das kann er nicht. Und dann, ja, zwei Tage nachdem er hier auf dem Teppich gekniet hat, hab ich zu ihm gesagt, es ist Schluss, ich kann nicht mehr. Kann nicht mehr.«
Ihr Kopf zuckte, wieder füllten sich ihre Augen mit Tränen. »Der Brief ist mit der Post gekommen, Herr Süden, seit einer Woche liegt er hier, und ich hab es nicht geschafft zur Polizei zu gehen. Heut wollt ichs tun. Am Tag nach der Beerdigung. Und gestern Vormittag ... wissen Sie, was ich da getan hab? Ja?«
»Nein«, sagte ich.

»Bitte kommen Sie!«, sagte Lieselotte Feininger. »Setzen Sie sich bitte zu mir, hier in den Sessel!«
Ich ging hin und setzte mich.
»Danke«, sagte sie.
Ich beugte mich vor.
»Ich hab mich auf diesen Teppich gekniet, so wie er das getan hat, und hab den Brief in den Händen gehalten, so wie Sie jetzt, und hab gebetet und gebetet, drei Stunden lang, Vater unser, der Du bist im Himmel, und hab Ihn angefleht, den Gott im Himmel, und hab Ihm den Brief entgegengestreckt und hab Ihn angeschrien, warum Er so was zulässt, warum Er so was tut, warum die kleine Anna hat sterben müssen? Warum denn? Weil sie ihn erwischt hat! Weil sie durchs Fenster geschaut hat zur falschen Zeit, das kleine Mädchen mit dem lustigen Haarschnitt. Die hat doch nichts getan! Sie hat so gern Stachelbeeren genascht, jedes Jahr ist sie in den Pfarrgarten gekommen und hat die Beeren vom Strauch gezupft, ja. Und da wieder. Wieder, ja. Hat sie gemacht und durchs Fenster gespitzt. Und da hat sie ihn erwischt. Steht alles in seinem Brief, in seinem Geständnis, er hat das Mädchen ja nicht bemerkt, wie denn? Er hat auf dem Boden gekniet, auf einem Handtuch, auf dem grünen Handtuch, das ich ihm geschenkt hab zu Weihnachten mal, und hat das getan, was verboten ist. Noch dazu, wenn man schon so alt ist. Verboten.«
Tränen überschwemmten ihre Wangen.
»Der alte Mann, und ein Pfarrer dazu! Kniet mit heruntergelassener Hose auf dem Boden, und die kleine Anna hat

sich bestimmt zu Tode erschrocken. Aber sie hat hingeschaut, und nicht nur eine Sekunde. Hat er geschrieben, Sie haben es gelesen, ja. Er konnt so schnell nicht damit aufhören. Er hat das Mädchen ja nicht gleich bemerkt. Und dann wollt er mit ihr reden, später. Sie ist so erschrocken gewesen, dass sie mit niemand darüber gesprochen hat. Aber schließlich wollt sies doch tun, weil sies nicht mehr ausgehalten hat, und das versteh ich ja. Ich versteh das. Sie auch?«
»Ja«, sagte ich.
»Ja«, sagte Lieselotte Feininger. »Und deswegen hat sie sterben müssen. Wieso hat er denn nie mit mir geschlafen? Wieso nicht? Wenn er mit mir geschlafen hätt, und die kleine Anna hätt uns erwischt, dann würd sie noch leben, ganz bestimmt. Und er auch. Und wir wären zusammen. Und die blöden alten Weiber würden grün anlaufen vor Neid und Missgunst, ja, und wir würden wegziehen, er und ich mit der Sabrina, und er hätt noch ein langes Leben vor sich, trotz seines Magengeschwürs, und die Sabrina würd auch nicht mehr weglaufen dauernd, und so ... Und so, ja.«
Sie griff nach meinem Arm. »So wärs gekommen, nicht? Ja!«

12

»Ich bin dafür, die Wahrheit zu verändern«, sagte Martin am Tisch, an dem gewöhnlich die Kartenspieler saßen.

Ich sagte: »Ich auch.«

»Vorausgesetzt, es gibt sonst keine Zeugen.«

»Wen?«

»Die Haushälterin«, sagte Martin.

»Sie würde nie etwas aussagen, das ein schlechtes Licht auf ihren Pfarrer werfen könnte.«

Martin zündete sich eine Zigarette an. »Das Beste wär, er wär nicht allein gewesen.«

»Natürlich«, sagte ich.

Hinter mir hörte ich Irmi mit einer Frau sprechen, die im Hotel als Zimmermädchen arbeitete.

»Du bist undankbar, Silvia.«

»Ist doch nicht meine Schuld, wenn nichts los ist!«

Weiter hörte ich nicht zu. »Ich werde mit ihr darüber sprechen«, sagte ich. »Wenn sie nicht einverstanden ist, müssen wir den Inhalt des Briefes bekannt geben.«

»Und wenn Marienfeld was dagegen hat?«, sagte Martin.

Ich schwieg und trank Wasser und schaute hinaus auf die Terrasse, auf der Irmi die Sitzkissen von den Stühlen genommen und an der Wand gestapelt hatte, damit sie in der Sonne nicht ausblichen.

»Du solltest das Ehepaar Jagoda auf den Verein ›Verwaiste Eltern‹ aufmerksam machen«, sagte Martin. »Die Frauen da wissen, wie es ist, wenn man ein Kind verloren hat.«

Ich sagte: »Die Kollegen werden den Jagodas die Adresse geben.«

»Hoffentlich.«

Wie ich stellte er sich vielleicht den Moment vor, wenn Elmar Marienfeld Miriam und Severin Jagoda erklärte, ihre Tochter sei tot aufgefunden haben. Oder wenn er ihnen mitteilte, der Entführer habe sich in einem Abschiedsbrief zu erkennen gegeben und darin auch den Fundort der Leiche beschrieben.

In den Stunden danach würden in der Wohnung am Finkenweg die Wände gefrieren und die Eltern die Arktis leugnen, in die sich das Kinderzimmer innerhalb von Sekunden verwandelte. Damit sie in der Eisesstille nicht vollkommen allein zurückbleiben mussten, versuchten Kollegen vom polizeiinternen Kriseninterventionsteam die Hinterbliebenen zu begleiten, zumindest von einer Wand zur anderen, von einer Tür zur anderen, von einem Erwachen zum nächsten. Manchmal stießen sie mit ihrer Hilfe auf Widerstand und Ablehnung, manchmal erschien es ihnen vernünftig, nur ein paar Stunden anwesend zu sein, das Geschirr zu spülen, Kaffee zu kochen, Brote zu schmieren, Anrufer abzuwimmeln und am Ende Adressen von Psychologen, Ärzten oder sozialen Organisationen dazulassen, nichts weiter. Dagegen sahen die ehrenamtlichen Mitarbeiter des Vereins »Verwaiste Eltern« ihre Aufgabe darin, auch noch Tage und Wochen nach dem ersten Schock den Müttern in ihrem Aufbegehren gegen Gott und dem vor Schmerz berstenden Schweigen der Väter Beistand zu leisten.

Martin hatte schon lange ausgetrunken, als er sagte: »Warum macht er so was im Wohnzimmer? Ohne die Vorhänge zugezogen zu haben? Am helllichten Tag? Und warum hat er nie mit dieser Frau geschlafen? Und warum musste das Mädchen sterben? Was für ein Abschaum, dieser Pfarrer!«

»Er hat sich erhängt«, sagte ich.

»Was meinst du damit?«, sagte Martin. »Soll ich ihn beweinen?«

»Nein«, sagte ich.

»Falsch!«, sagte Martin und ballte die Faust, was er sonst nie machte. »Wir ändern die Wahrheit nicht. Wozu? Soll dieses gottlose Taging auf ihn spucken!« Er zündete sich eine Zigarette an und spuckte beinahe aus Versehen auf das brennende Streichholz.

Anschließend redete er minutenlang kein Wort.

Dann sagte er: »Wir sind für dieses Dorf nicht zuständig. Amen!«

Und er winkte Irmi mit dem leeren Bierglas.

Sechs Tage später stand Johann neben meinem Tisch und kratzte sich am Ohr. »Schad, dass du schon wieder wegfährst, heut Abend hätt ich frei.«

»Ich habe einen neuen Fall«, sagte ich.

»Gibs zu, du hast es eilig, hier rauszukommen.«

»Wo raus?«, sagte ich.

»Aus dem Kaff.«

»Willst du dich setzen, Johann?«

»Du isst doch grad.«

»Das schaffe ich«, sagte ich. »Zur gleichen Zeit essen und mit dir sprechen.«
»Dankschön.« Er setzte sich. Es war immer noch Erbsensuppe mit Würstel übrig, und ich hatte einen Teller bestellt. »Haufen Leut auf der Beerdigung, hab ich gehört.«
»Ja«, sagte ich. »Viele Reporter auch.« In Gasthäusern, auf deren Tischen neben Salz- und Pfefferstreuern eine Maggiflasche stand, saß ich gern.
»Pferdeblut«, sagte Johann Gross.
»Bitte?«
»Meine Mutter hat mir als Kind erzählt, Maggi wird aus Pferdeblut gemacht.« Er schaute mir zu, wie ich nachwürzte und den Löffel zum Mund hob.
»Willst du probieren?«, sagte ich.
Er schüttelte mit zuckenden Bewegungen den Kopf. Ich merkte ihm an, dass er etwas sagen wollte, sich aber nicht traute. Nervös kratzte er sich am Ohr. Dann eilte er zum Tresen, holte sein Tabakpäckchen und drehte sich, nachdem er sich wieder gesetzt hatte, eine Zigarette. »Ich rauch erst, wenn du mit dem Essen fertig bist, ist ja klar.«
»Von mir aus kannst du rauchen«, sagte ich.
»Ich wart schon.«
»Stört mich wirklich nicht«, sagte ich.
Nachdem er sie akkurat gedreht hatte, legte er die Zigarette behutsam vor sich hin, parallel zur Tischkante. Er schaute mir weiter beim Essen zu, und es kam mir vor, als starre er aus seinen müden, verschwommenen Augen, von einer inneren, unüberwindbaren Ferne her, nur vor

sich hin, in die Leere der Gaststube, in die sich zufällig ein Fremder verirrt hatte.
Ich wischte mir mit der Papierserviette den Mund ab und schob den Teller zur Seite. Wie unter Hypnose folgte Johanns Blick meinen Handbewegungen. Dann hob er ruckartig den Kopf.
»Willst noch ein Wasser, Tabor?«
»Nein«, sagte ich. Weil er mich weiter mit einem krakeligen Lächeln anschaute, sagte ich: »Hast du eine Freundin, Johann?«
Er kratzte sich am Ohr und zündete sich mit seinem gelben Wegwerffeuerzeug die Zigarette an. »Nicht direkt.« Er rauchte und betrachtete den Rauch.
»Und indirekt?«
»Die Sissi«, sagte er.
»Die Wirtin?«
Er nickte fünf- oder sechsmal. »Ich wohn nebenan, in der alten Bude, im ersten Stock, das Haus gehört der Sissi, sie hats von ihrer Erbschaft gekauft.«
»Ich war in dem Lokal«, sagte ich. »Wir hätten uns treffen können.«
Er ging nicht darauf ein. »Wir sehen uns manchmal, sie ist auch allein, wie ich, sie kommt dann rüber nach der Arbeit manchmal ...«
»Sie wohnt nicht in dem Haus«, sagte ich.
»Sie wohnt bei ihrer Schwester in Beverly Hills. Da, wo die Gespickten wohnen, am Grünerberg. Die Selly hat eine Werbeagentur in München, die verdient ein Schweinegeld, die kommt bloß alle Monat nach Taging, in ihre

Villa, deswegen passt die Sissi da auf und wohnt die Teppiche ab.«
Ich sagte: »Welche Teppiche?«
»Die da am Boden liegen.«
Ich schwieg. Dann fiel mir etwas ein. »Als ich mit Martin ins Lokal deiner Freundin gegangen bin, haben wir aus dem Haus nebenan einen Song gehört, *Man in the Long Black Coat*.«
»Den spiel ich dauernd«, sagte er. »Hab den erst vor ein paar Monaten zum ersten Mal gehört, bei der Sissi in der Villa, hab mir gleich die CD besorgt. Ich spiel ihn nach, auf der Gitarre. She never said nothing, there was nothing she wrote, und so weiter ...«
»Das würde ich gern hören, wenn du den Song spielst«, sagte ich.
»Nur, wenn du dazu trommelst!«
»Wenn ich das nächste Mal komme, bringe ich meine Bongos mit«, sagte ich wie jemand, der Übung darin hat, leere Versprechungen zu machen.
»Du kannst den Tisch nehmen«, sagte Johann, stand auf und verschwand in einem Nebenraum. Ich sah auf die Uhr über den Toiletten: fünf vor halb drei. In einer halben Stunde fuhr mein Zug.
Mit einer schwarzen Westerngitarre kam Johann zurück und stellte den linken Fuß auf den Stuhl und schlug mit einem Plektron in die Saiten.
»Den Takt kannst du dir aussuchen«, sagte er. »Vierviertel auf jeden Fall nicht.«
Während er a-Moll, C-Dur, G-Dur und e-Moll spielte,

ohne dazu zu singen, hörte ich zu, dann begann ich mit beiden Händen abwechselnd auf die Tischplatte zu klopfen.
»Etwas schneller«, sagte Johann. »Okay. Die erste Strophe beginnt ...«

*Crickets are chirpin', the water is high,
There's a soft cotton dress on the line hangin' dry ...*

Er schlug heftiger in die Saiten, zupfte zwischendurch, und seine Stimme klang kraftvoller, als ich es erwartet hatte. »Gut«, sagte er. »Nach dem Refrain kannst du kurz aussetzen.«

*... There was dust on the man
in the long black coat ...*

Ich trommelte und hielt abrupt inne, wartete, bis er zu C-Dur und G-Dur zurückkehrte, und bemühte mich, den verschrobenen Rhythmus des Liedes wieder aufzunehmen.
In der Durchreiche zur Küche erschien der breite Kopf eines Mannes, der eine weiße, verschmutzte Kochjacke trug. Und in der Tür, durch die Johann vorhin hinausgegangen war, um sein Instrument zu holen, tauchte die junge Frau auf, die an dem Tag, als ich Martin von meiner Begegnung mit Lieselotte Feininger erzählte, mit Irmi gestritten hatte. Sie lehnte sich an den Türrahmen und hörte uns neugierig zu, während der Koch nach wenigen

Sekunden den Kopf schüttelte und die Klappe herunterknallen ließ.

> ... *Preacher was a-talkin', there's a sermon he gave,*
> *He said everyman's conscience is vile and depraved ...*

»Wie Marc Bolan und Mickey Finn!«, sagte Johann laut und sang: »You cannot depend on it to be your guide ... Ich wär ja schon tot, aber was ist eigentlich aus Mickey Finn geworden? Keine Ahnung ... When it's you who must keep it satisfied ...«
Mitten im Singen warf er das Plektron auf den Tisch und nahm den Fuß vom Stuhl und packte die Gitarre am Hals.
»Verdammt, dein Zug fährt gleich!«
»Erst in zwanzig Minuten«, sagte ich und spürte ein Brennen in meinen Händen.
»Du musst los!«, rief Johann aufgeregt. »Heut fährt später keiner mehr!«
Seltsam verwirrt griff er nach dem dreieckigen Plastikteil und rannte, die Gitarre an die Brust geklemmt, zur Tür, an der das Zimmermädchen erschrocken zurückwich.
Meine grüne Reisetasche stand gepackt neben meinem Stuhl, sie war etwas voller als bei meiner Ankunft. Anstatt nur eine oder zwei Nächte zu bleiben, hatte ich acht Tage im Dorf verbracht und mir deshalb mehrere Unterhosen, T-Shirts, Socken und zwei Hemden gekauft. Aus meiner Absicht, Sonja vom Flughafen abzuholen, war nichts geworden, da sie ihren Urlaub auf Lanzarote um drei Tage verlängert hatte und erst am Mittwoch zurück-

gekommen war, einen Tag vor Annas Beerdigung. Diesen Mittwoch hatte ich bis zum Einbruch der Dunkelheit in meinem Zimmer im »Koglhof« verbracht, unterwegs in Erinnerungen, gepfählt von Abschied.
»Kommst eh nicht wieder«, sagte Johann Gross auf der Hoteltreppe, die zur Bahnhofstraße hinunterführte.
»Wahrscheinlich nicht«, sagte ich.
Er gab mir die Hand. »Servus, Süden. Jetzt bist noch berühmter als vorher.«
»Ich bin nicht berühmt«, sagte ich.
»Noch was«, sagte er, und wieder schlängelte sich wie ein Rinnsal ein Lächeln durch sein verdorrtes Gesicht. »Wenn ich mal verschwind, dann suchst mich bittschön nicht, ich möcht dann nämlich meine Ruh. Versprochen?«
»Ja«, sagte ich.
»Jetzt schleich dich«, sagte Johann Gross.
Ich überquerte die Straße zum Bahnhof, wo auf Gleis eins der Zug bereitstand. Der Mann am Fahrkartenschalter sagte kein Wort zu mir, und die Leute, die mit mir zum Bahnsteig gingen, warfen mir steinige Blicke zu. Ich ließ ihnen allen den Vortritt.

13 An einem heißen, stickigen Tag wie jenem, an dem ich auf Gleis siebenundzwanzig aus Taging ankam, verließ ich den Münchner Hauptbahnhof auf Gleis sechzehn in einem »Eurocity«. Niemand brachte mich zum Zug, niemandem hatte ich Bescheid gesagt, nicht einmal Frau Schuster, meiner Nachbarin in der Deisenhofener Straße, die zwar wusste, dass ich ausziehen wollte, aber nicht, dass ich seit drei Tagen in einer leeren Wohnung hauste, nachdem meine wenigen Möbel – ein Bett, ein Schrank, eine Couch, zwei Tische, vier Stühle, mehrere Bücherregale – abgeholt und in den Wertstoffhof gebracht worden waren. Von meinen Büchern behielt ich ausschließlich die dreibändige Taschenbuchausgabe der van-Gogh-Briefe und einen Band mit Hölderlin- und einen mit Rilke-Gedichten. Den Rest verschenkte ich an die Giesinger Stadtbibliothek. Mit dem Geld, das sich im Lauf der Jahre zwecklos auf meinem Konto angesammelt hatte, würde ich vier bis fünf Jahre leben können, falls ich den Ort, den ich mir ausgesucht hatte, nicht verlassen musste.

Ich lebe hier in einem Hotel, das dem Freund eines ehemaligen Kollegen gehört. Für das Zimmer im fünften Stock zahle ich monatlich einen minimalen Betrag, und wenn ich an der Bar trinke, bekomme ich Prozente. Auch fürs Essen.
Keiner meiner ehemaligen Kollegen aus dem Dezernat 11

kennt meinen Aufenthaltsort, auch Sonja Feyerabend und Paul Weber nicht. Von Sonja habe ich mich vor einem Jahr getrennt, und an Paul schrieb ich damals einen Brief, in dem ich ihn um Verständnis bat.

Was ich getan habe und tue, ist vielleicht lächerlich und absurd, aber es war für mich die einzige Möglichkeit, meinen Wänden zu entkommen, die jede Nacht näher rückten und mich zu ersticken drohten. Ich wollte nicht ersticken. Ich schlief nur noch bei offenen Fenstern und nackt und auf dem Fußboden, auf dem abgenutzten grauen Teppich.

Und hier, in diesem Hotel, in dem außer mir noch andere Dauergäste wohnen und mir aus dem Weg gehen so wie ich ihnen, begann ich zu schreiben.

Heute Morgen kurz nach fünf habe ich damit aufgehört.

Jetzt ist es Mittag. Und wieder thront die Sonne über den Dächern, die ich von meinem Fenster aus sehe, und in einer Stunde werde ich das Hotel verlassen, und die Stadt.

14

»Warum denn so plötzlich?«, sagte sie mit nackter, zitternder Stimme. Und ich umarmte sie, als wollte ich sie festhalten. Dabei war ich schon fort, Erinnerungen und Fotos im Keller verstaut, eine Tasche im Kofferraum des blauen VW Käfer mit den gelben Kotflügeln, keinen Koffer, kein Zeug, zerknüllte Geldscheine, die ich mir im ersten Supermarkt des Dorfes und in den Küchen zweier Gaststätten verdient hatte, den Kopf voller billiger Songs.

Ich stand schon nicht mehr am Ufer des Taginger Sees, als Bibiana ihre Finger in meine Haare krallte und mich in die Wange biss und zwei Schwäne um uns herumhuschten.

Ich saß schon in Martins Wagen, den Kopf im Nacken, die Augen geschlossen, die Arme vor der Brust verschränkt, und dachte zwanghaft an das Grab meiner Mutter und das Foto meiner Eltern im Wohnzimmer von Lisbeth und Willi.

Und Bibiana schlug mir ins Gesicht und schrie: »Du bist so feige! Du haust einfach ab, und das hast du die ganze Zeit geplant!«

Beinah hätte ich zu ihr gesagt: »Dann komm doch mit.« Aber ich hatte schon zu oft gelogen.

Sie war siebzehn und ich neunzehn, vor drei Jahren hatten wir uns kennen gelernt, kurz bevor mein Vater verschwand.

Er war vierundvierzig damals.

So alt wie ich, als ich München verließ, um in einer anderen Stadt unterzutauchen, ohne zu wissen, was mich erwartete und was ich erwartete und ob ich nicht bloß ein Wegewechsler war wie so viele, denen ich während meiner Tätigkeit in der Vermisstenstelle begegnet war, Männer, die die eine Seite der Straße gegen die andere in der aberwitzigen Vorstellung eintauschten, sie kämen von nun an aufrechter und atemvoller voran und sähen ein Ziel am Horizont blinken, einen den Existenzkeller für alle Zukunft erhellenden Stern. Sie rannten, diese Leute, und sie riefen einen neuen Namen, und ihr Schatten schleppte sich keuchend hinter ihnen her, und wenn sie rasteten und weinten vor eingebildetem Glück, schlürfte der Schatten geduldig die Tränen vom Asphalt.

Wenn ich mich umdrehe, erschrecke ich manchmal. Da ist er und wartet auf mich.

»Und wer bist du?«, sagte Evelin.
»Tabor.«
»Das ist Niko, mein Freund.«
Wir nickten uns zu. Er hatte eine raffinierte Art, seine Bierflasche zu halten. Er klemmte den Flaschenhals zwischen Zeige- und Mittelfinger und ließ die Flasche auf der flachen Hand liegen. Er trank ein Bier nach dem anderen, sogar Martin hatte Mühe mitzuhalten.
»Das ist Martin, mein bester Freund«, sagte ich.
»Seid ihr schwul?«, sagte Niko.

»Wieso?«, sagte Martin.

»Er hat bloß einen blöden Witz gemacht«, sagte Evelin und schlug ihrem Freund auf den Hinterkopf. »Da kommt meine kleine Schwester!«

Martin und ich lehnten an der Hausbar und wandten uns um.

»Ich hab noch Chips besorgt«, sagte Bibiana.

Und das war der Anfang.

Ich hab noch Chips besorgt.

Ich traute mich nicht, sie zu berühren.

Zwei Stunden lang.

Sie schenkte mir Chips und wir kauten ein Lächeln.

Schauen war so schwer.

Später tanzten wir zu *Love Hurts* von Nazareth und *Child In Time* von Deep Purple und sogar zu Bob Dylans *Dream,* obwohl das unmöglich ist. Bibiana hatte eine krumme Nase und etwas abstehende Ohren und einen schmalen Mund. Aber ihr Körper war für meine Hände sofort eine Heimat.

»Tabor ist ein eigenartiger Name«, sagte sie, während wir uns mit engsten Schritten im Kreis drehten. »Sind deine Eltern von hier?«

»Sie sind aus dem Sudetenland geflüchtet«, sagte ich.

Sie fragte nicht weiter. Und für Worte war auch kein Platz mehr in ihrem Mund.

»Stimmt das wirklich, dass ihr zur Polizei gehen wollt?«

Sie schaute auf den See hinaus, wo Touristen in Ruderbooten ihre Bahnen zogen.

»Vielleicht«, sagte ich.

»Das hätt ich nie von dir gedacht.« Sie sah mich für eine Sekunde an, und der Höcker ihrer Nase glänzte im Sonnenlicht.

»Ich muss hier weg«, sagte ich.

»Das versteh ich«, sagte sie leise. »Aber warum so plötzlich? Wieso hast du mir nichts gesagt? Vorgestern warst du die ganze Nacht bei mir. Die ganze Nacht. Warum hast du nichts gesagt?«

Ich schwieg.

Im Schweigen konnte ich schon als Neunzehnjähriger erbarmungslos sein.

Warum hast du nichts gesagt?

Ich habe mich nicht getraut. Ich wollte nicht, dass du mich aus deiner Umarmung wegschickst.

Jetzt habe ich aus Versehen an dich persönlich geschrieben.

Das macht nichts. Ich werde nicht mehr hier sein, wenn jemand diese Zeilen, diese Blätter, diese Stapel liest. Ich geniere mich nicht dafür. Und wer weiß, wo du heute lebst. Mit Mann und Kindern. Oder allein?

Vielleicht habe ich das alles nur wegen dir aufgeschrieben, und für dich, obwohl ich nicht weiß, ob du überhaupt noch lebst oder schon dort oben mit Martin tanzen musst.

Vielleicht wollte ich nur erfahren, ob du dich noch erinnerst.

Gleich breche ich auf. Um dreizehn Uhr einunddreißig fährt mein Zug ab.

In den Tagen von Taging, nach der Nacht bei Sissi und dem Morgen bei Lieselotte Feininger, hätte ich zum Finkenweg 5 gehen und klingeln können. Ich habe es nicht getan. Nicht einmal bei Irmi oder Johann habe ich mich nach Bibianas Familie erkundigt. Nach dem Vater, der früher mit einem kleinen Handgerät Zigaretten drehte, auf Vorrat und eigentlich immer, wenn ich ihn am Wohnzimmertisch sitzen sah. Nach der Mutter, die als Büglerin in privaten Haushalten und Pensionen arbeitete. Nach der älteren Tochter, die Lehrerin, und der jüngeren, die Tierärztin werden wollte. Die meiste Zeit verbrachte ich in meinem Hotelzimmer und sah aus dem Fenster und dachte an Anna und ihren Mörder, den Martin Heuer einen genannt hatte. Und ich wusste nicht, dass mein bester Freund nur noch wenige Monate zu leben hatte. Und dass ich Bogdan, den Sandler, nie wiedersehen würde. Und dass ich bald trotz meiner Flugangst nach Afrika fliegen würde, ohne den Tod eines Vaters und das Verschwinden seiner Tochter verhindern zu können. Und dass ich in meinem letzten Fall eine Liebe erlösen wollte und durch mein Erlösenwollen die Liebenden vielleicht erst in die Verdammnis schickte.

Mein Weggang, sagte Kommissariatsleiter Volker Thon bei der Verabschiedung, sei für das Dezernat 11 und speziell für die Vermisstenstelle ein Verlust.

Als mich Hugo Baum, der Leiter der Pressestelle im Polizeipräsidium, Bierglas an Bierglas, verschwörerisch fragte, was denn der wahre Grund für mein Ausscheiden aus dem Dienst sei, erwiderte ich: »Ich habe das bezahlte Scheitern so satt.«

Aufgebracht zog er sein Bierglas zurück. »Und so was soll ich in die Presseerklärung schreiben?«

»Unbedingt«, sagte ich.

15
Der Mann am Gang ist ein freiwillig arbeitslos gewordener Beamter, eine gesellschaftliche Absurdität. Er fährt mit der Bahn, Zweiter-Klasse-Abteil, und hat ein vages Ziel, eine Stadt in Deutschland. Bei einer Größe von einem Meter achtundsiebzig würde er lieber weniger als neunzig Kilo wiegen. Vermutlich wegen seiner langen Haare, der Kette mit dem blauen Amulett, der Narbe am Hals und der seltsamen, an den Seiten geschnürten Lederhose schauen ihn vor allem Kinder komisch an. Er schaut dann komisch zurück, aber niemand lacht. Er vermittelt den Eindruck von jemandem, der überlebensfähig ist. Wie ein unaufdringliches Parfüm verströmt er Schweigen. Auf eine Bemerkung wie die von Nikolaus Krapp, wieso er als Fahnder auf der Vermisstenstelle der Kripo gearbeitet habe, aber nicht einmal fähig gewesen sei, seinen eigenen Vater zu finden, reagiert er mit einem Nicken, das rasch endet. Er ist auf nichts stolz und bereut wenig. Manchmal trommelt er auf seine Oberschenkel, wobei er beide Handballen ruhig hält und bloß die Finger bewegt. Dann kommt es vor, dass er eine Melodie summt.

Als ich ihm zum ersten Mal begegnete, summte er *A Hard Rain's A-Gonna Fall* in der Version der Rolling Thunder Revue von 1975, wie er mir anschließend nach mehreren Bieren durchaus ausführlich erklärte.
Da tänzelt er übrigens gerade vom Lokus herein, erkennen Sie ihn?

Friedrich Ani

»Ani ist ein außerordentlicher Literat, der bedrängte Seelenzustände zu schildern weiß wie zurzeit kein zweiter deutschsprachiger Autor von Kriminalromanen.«
Hamburger Abendblatt

Süden und das Gelöbnis des gefallenen Engels
ISBN 3-426-61999-7

Süden und der Straßenbahntrinker
ISBN 3-426-62068-5

Süden und die Frau mit dem harten Kleid
ISBN 3-426-62072-3

Süden und das Geheimnis der Königin
ISBN 3-426-62073-1

Süden und das Lächeln des Windes
ISBN 3-426-62074-X

Süden und der Luftgitarrist
ISBN 3-426-62075-8

Süden und der glückliche Winkel
ISBN 3-426-62384-6

Süden und das verkehrte Kind
ISBN 3-426-62387-0

Süden und das grüne Haar des Todes
ISBN 3-426-62386-2

Knaur

Friedrich Ani

GOTTES TOCHTER

Roman

Romeo und Julia im heutigen Deutschland: Rico und Julika – bei einem nächtlichen Fest lernen sie sich kennen und kommen nicht mehr voneinander los. Doch wie in Shakespeares Stück droht die Liebe an persönlicher Schuld und der gesellschaftlichen Realität zu scheitern. Zwei Verbrechen und die Vergangenheit Ricos im Dunstkreis politisch fragwürdiger Freunde lösen ein Verhängnis aus ...

»Ani weiß das Krimi-Genre meisterhaft
für kritische Ermittlungen in der
deutschen Gesellschaft zu nutzen.«
Süddeutsche Zeitung

»Für Fans von Polit-Krimis und Lovestorys.«
Brigitte

»Ein sehr berührendes Buch. Absolut lesenswert.«
Hessischer Rundfunk

Knaur